光文社文庫

文庫書下ろし／長編時代小説

消えた雛あられ

はたご雪月花㈡

有馬美季子

光　文　社

この作品は光文社文庫のために書下ろされました。

目次

おもな登場人物

里緒……………浅草山之宿町にある旅籠「雪月花」の女将。
お竹……………旅籠「雪月花」の仲居頭。
吾平……………旅籠「雪月花」の番頭。
お初……………旅籠「雪月花」の仲居。下総船橋の漁師の娘。
お栄……………旅籠「雪月花」の仲居。武州秩父の百姓の娘。
幸作……………旅籠「雪月花」の料理人。
盛田屋寅之助……口入屋「盛田屋」の主。
山川隼人…………南町奉行所定町廻り同心。
半太……………山川隼人の配下。
亀吉……………山川隼人の配下。
杉造……………山川家の下男。
お熊……………山川家の下女。

消えた雛あられ

はたご雪月花

第一章　消えたお初

一

炉開きを終え、日に日に寒さが増していく、文化二年（一八〇五）の神無月も半ば。

浅草山之宿町、隅田川沿いにある〈雪月花〉では、騒ぎとなっていた。雪月花は、温かなもてなしと美味しい料理で人気の旅籠だ。二親の亡き後、娘の里緒が後を継いで女将となり、ますます繁盛している。

その雪月花に、なにやら不穏な空気が漂い始めていた。

仲居を務めるお初が、買い物に出たきり戻ってこないのだ。お初は齢十七、雪月花で働き始めて二年目である。

この時季の暮れ六つ（午後六時）といえば、もう暗い。お客に夕餉(ゆうげ)を出す刻(とき)、里緒は気丈に振る舞いながらも心配で仕方がなかった。

お初と同じく仲居を務めるお栄(えい)が、里緒の肩にそっと手を置いた。

「女将さん、大丈夫です。そのうち戻ってきますよ。お初ちゃん、ああ見えて、しっかりしていますから」

「そうね。……そう信じているわ」

里緒は白く華奢(きゃしゃ)な手を、お栄のふっくらとした手に重ね合わせる。お栄の体温が伝わってくるようで、里緒の心は少し落ち着いた。

お初は七つ（午後四時）前頃、角餅(かくもち)を餅屋に買いにいったのだ。しかし半刻(はんとき)（一時間）経っても帰ってこなかったので、心配した仲居頭のお竹(たけ)が心当たりのある餅屋を訪ねてみたところ、お初は確かに七つ頃に買いにきたが、すぐに帰ったとのことだった。

それからの足取りが分からなくなっている。

お竹は番頭の吾平(ごへい)とともに、外に出てまだ方々(ほうぼう)を探し回っていた。

この辺り一帯を仕切っている、口入屋(くちいれや)の盛田屋(もりたや)寅之助(とらのすけ)とその子分たちも探してくれていた。寅之助は、いわば雪月花の後見人のような役割を果たしている。盛田屋の者たちは、雪月花に何かがあった時は真っ先に駆けつけてくれることになっていた。

里緒とお栄と料理人の幸作は旅籠に残って仕事をしていたが、それぞれ気が気でなかった。お初の帰りが無断でこれほど遅くなるなど、かつてなかったことだ。里緒は目を瞑り、胸に手を当てた。

――どうかお初さんが無事でありますように。一刻も早く、見つかりますように。

白藤色の着物を纏った里緒の柳腰が、心細げに揺れる。

里緒は齢二十三、楚々としながらもしっかり者の美人女将と評判だが、突然の事態に動揺を隠せずにいた。

旅籠〈雪月花〉は里緒の祖父母の代、宝暦五年（一七五五）から営まれており、創業五十年になる。父親の里治と母親の珠緒は、一人娘の里緒をとても可愛がって育ててくれた。

里緒は十七の時から、雪月花で二親の手伝いをしていた。花嫁姿を見せることも叶わずに二親が逝ってしまった時、里緒は悲しみに打ちひしがれた。そのような里緒を、雪月花で働く皆が励ましてくれたのだ。

——これからは里緒様が中心となって、この雪月花を守り立てて参りましょう。それこそが、亡くなられたご主人様とお内儀様への一番の手向けとなるでしょう。

そう言ってくれた。

周りの者たちに支えられ、里緒は悲しみを堪えて、この旅籠を守っていくことを、二親の仏前で気丈に誓った。

こうして里緒は雪月花の三代目の女将となり、皆と一緒に日々張り切っている。使用人たちを大切に思う里緒にとって、お初が戻ってこないことへの不安は如何ばかりか。里緒の心は激しく揺れ動いていた。

その日、南町奉行所の定町廻り同心である山川隼人は、亡き妻の三回忌の法要を済ませていた。

妻は織江といい、御薬園同心を務めていた宮内重織の娘だった。

織江は物静かで、隼人の話にいつも笑顔で頷いているような、心優しい妻であった。織江は隼人と一緒になる前は、小石川養生所で病人の看護を時折手伝っていた。ひたむきに看護に努める織江に、隼人はいっそう惹かれたのだ。夫婦となってからも、どうしても人手が足りない時には養生所に手伝いにいくことを、隼人は織江に許していた。

その織江が病死ならばまだしも、何者かに殺められたということが、隼人の心に暗い翳を残してしまった。織江は短刀で刺されて命を落としたが、暴行の跡などは一切なかった。それゆえに、下手人は女とも考えられた。

隼人は法要の間、僧侶の読経を聞きながら、思いを巡らせていた。

――織江の死は、やはり俺のせいだったのだろうか。俺がかつて捕まえて死罪になった者の家族や恋人が俺を恨み、その憎しみが織江に向かったのか。

妻を殺めた下手人がまだ捕まっていないので、隼人は、自分を責める気持ちをどうしても拭えずにいた。

法要は菩提寺で行われ、織江の両親、家督を継いで御薬園同心になった兄の織太郎、隼人の母親の志保、姉の志津及びその家族、そのほかの親戚などが集まった。隼人の役宅で長年働いている下男の杉造と、下女のお熊も参列していた。

姉の志津は隼人より二つ上の三十四で、御徒衆の宇佐見和馬に嫁ぎ、二児の母となっている。長女は十一で結、長男は七つで冬馬、二人とも利発で行儀がよい。隼人はこの姪と甥をとても可愛がっていた。

隼人の先輩である鳴海や、臨時廻り同心の原嶋清弘、清弘の娘で隼人の幼馴染みの清香の姿もあった。織江の兄の同輩である、仲谷も出席した。

仲谷も御薬園同心の家柄で、織江とは幼少の頃から顔見知りだったようだ。三回忌に顔を見せてくれた仲谷に、隼人は丁寧に礼を述べた。

法要は無事終わり、帰り際に清香が隼人に声をかけた。齢二十六の清香は一度嫁いだものの離縁して、今は楓川沿いの佐内町で手習い所を開いている。子供たちに人気の女師匠である。

「隼人様、元気を出してくださいね」

「やはり、元気がないように見えるのだな。さすがの俺でも」

　隼人は苦笑した。清香は静かな笑みを返し、丁寧に辞儀をして、父親と一緒に帰っていった。

　弔問客が去った後の法堂で、隼人は改めて織江の両親に挨拶をした。だが、織江の死は自分のせいではないかという思いが引け目となり、よそよそしくなってしまう。

　織江の両親と言葉を交わしながら、隼人は思っていた。

　——前はこのようではなかったのだがな。織江も交えて、皆で気さくに笑い合っていたのに。……もう、あの頃は、取り戻せないのだな。どんなことがあろうとも。

隼人の胸は痛み、顔が強張る。

そのような隼人を、母親の志保と姉の志津は、黙って見守っていた。志保も志津も、隼人の気持ちがよく分かるのだ。

隼人の亡父の隼一郎も町方同心だったので、志保は自分と同じ立場である織江を、とても気遣っていた。同心の仕事の関係上、その妻は常に危険と隣り合わせで、油断ができないものである。それをよく知っていたからこそ、隼人と織江の夫婦の無念というものが志保にはいっそう分かり、痛ましいのだった。

それぞれの思いを胸に秘めながら、隼人たちも、焼香の匂いが残る法堂を後にした。織江の命日は十九日なので、四日早い法要だった。

二

雪月花では、五つ半（午後九時）を過ぎても、皆でお初を探していた。

いつもは五つ（午後八時）に帰る幸作も残っている。だが、あらゆるところを探しても、お初は見つからない。里緒は気丈に振る舞ってはいたが、心労で倒れそうだった。

「女将、顔色が悪いですよ。ご自分の部屋で、少しお休みになったほうがよろしいのでは」

「私もそう思います。お布団敷きましょうか。何かあったら、起こしますので」

幸作とお栄に気遣われ、里緒は弱々しい笑みを浮かべた。

「大丈夫。ごめんなさいね、心配させてしまって。……駄目ね、女将がこんなことでは。もっと、しっかりしなくては」

思いつめた面持ちの里緒に、幸作もお栄も、かける言葉が見つからない。

すると、吾平とお竹、寅之助が、いったん引き上げてきた。血眼になって探しても、どこにも見当たらなかったようだ。寅之助が報せた。

「まさかとは思ったが、一応、吉原にまで探しにいったんだよ。どこの妓楼も堅気の娘を無理に引きずり込むようなことはしねえだろうが、万が一のことを考えて、面番所にいる隠密廻りの旦那には伝えておいたぜ。山之宿町の旅籠で働いている十七の娘がいなくなったから気をつけておいてくだせえ、とな。お初の特徴なんかも伝えておいたぜ」

「親分さん、そこまでしてくださって、本当にありがとうございます」

里緒は寅之助に頭を下げた。寅之助の子分たちは、岡場所の遊女屋を一軒一軒あたってくれているようだ。

吾平とお竹は憔悴した顔で、肩を落とした。

「いったい、どこに行っちまったというんだろう」

「これで見つからなかったら神隠しだわね、まさに」

里緒は眉根を寄せながら、衿元に手を当てた。

「お初さんのことが心配で、胸が潰れてしまいそうだけれど……お客様たちには、異変を気づかれないようにしなくてはね。お客様たちは、この旅籠に、寛ぎにいらしているのだから」

里緒の言葉に、吾平たちは弱々しく頷いた。

皆、眠れそうにもなく、囲炉裏のある広間に集って暗い顔で溜息をつくばかりだ。

板敷に座布団を敷いて座り、囲炉裏に揺らぐ火を見つめながら、里緒たちは言葉も少なくなってしまっていた。

「神隠しなんてことが、あるんだろうか」

吾平が呟くと、皆、俯いていた顔を上げた。

「夕暮れに、不意にどこかへ紛れ込んじまったというのか。闇に溶け込むように」

「買い物帰りの、黄昏の逢魔が刻。どこからともなく手招きされて、まさに魔が差したように、ふらふらとついていくと、気づけば見知らぬ場所ってこともあり得るかもしれませんね」

「振り返っても、今来た道が分からねえとかな」

吾平と幸作、寅之助の話に、里緒は固唾を呑み、お竹は眉を顰める。

「怖いこと言わないでください」

お栄は身を震わせた。

ぼんやりとした明かりの中、夜の闇が忍び寄ってくるようだ。皆、再び口を噤んでしまう。

少しして玄関から聞き覚えがある声が響いてきて、静寂を破った。

声の主は隼人だった。岡っ引きの半太と亀吉も連れている。法要を終えて役宅に戻ったところ、その二人が、雪月花がたいへんなことになっていると報せにきたのだ。

里緒が隼人と知り合ったのは、半年ほど前の、ある事件がきっかけだった。内に悲しみを秘めていた里緒が、ほんわかとした雰囲気の隼人に、自然に慰められていたのは確かだろう。

里緒の悲しみとは、不慮の事故で二親を喪ってしまったということだ。二親の死が本当に事故だったのか否か、不審な点が残っており、それゆえに里緒はいっそう引きずってしまっているのだ。

父親の里治と母親の珠緒は、信州に湯治に出かけた帰り、板橋宿の王子稲荷の近くで骸となって発見された。代官の調べによると、音無渓谷を見にいって足を滑らせたのだろうとのことだったが、里緒は釈然としなかった。里治も珠緒も高いところが大の苦手で、とても渓谷を見にいくとは思えなかったからだ。

それを告げても代官は深く調べてくれることはなく、事故で片付けられてしまった。その釈然としない思いが、里緒の心にしこりを残し、いまだに痛むのだ。

里緒はまだ、両親の死の不審な点について隼人に告げていないが、折を見て話したいと思っている。隼人ならば、ちゃんと耳を傾けてくれそうだからだ。

すらりと柳腰の里緒に対して、隼人はぽっちゃりと福々しく、なんとも温かみがある。心優しい隼人は、事実、女人にとてもモテるのだ。それもどういう訳か美女ばかりに。三枚目だけれど心優しい隼人には、女たちも和んでしまうのだろう。

お栄に案内されて隼人たちが広間に入ってくると、里緒は姿勢を正して深々と頭を下げた。

「お忙しいところお出向きくださり、まことにありがとうございます」

「お初はまだ見つかっていないようだな」

「はい。吾平さんとお竹さん、そして親分さんたちがこの辺り一帯を探し回ってくださいましたが、どこにもいなかったようです……」

その時、里緒は気を失いそうになり、姿勢が崩れた。張り詰めていたところ、隼人の顔を見て、緊張が少し解れたからだろうか。隼人は里緒をそっと支えた。

「無理をするな。少し休んだほうがよい」

「いえ……大丈夫です。ちょっと眩暈がしただけです。もう治りました」

「大切な使用人がいなくなってしまったのだからな。気持ちは分かるぜ。だが心配し過ぎては女将が参ってしまう。お初は必ず見つけ出すから、思いつめるな」

「……ありがとうございます」

隼人は相変わらず、里緒を優しく励ましてくれる。だが里緒は、隼人がいつもと違ってどことなく元気がないことに、気づいた。ふくよかな頰も、幾分ほっそそりしたように思える。

　里緒は隼人を眺めながら、昨日お竹と話したことを思い出した。

――最近、山川様、お顔をお見せにならないわね。

――旦那は、御新造様の三回忌が近いので、慌ただしいようですよ。色々と思い出してしまうのではないでしょうか。

　白喪服の上に羽織を着ているところを見ると、今日が法要だったのだろうと、里緒は察した。隼人の気持ちを慮り、里緒は恐縮してしまう。里緒も今月の初めに、二親の三回忌を済ませたばかりなのだ。大切な人を亡くした者の痛みや悲しみが、里緒には手に取るように分かった。

「お忙しいところお手を煩わせてしまって、申し訳ございません」

「気にするな。お初の身が案じられる」

　隼人は隼人で、里緒を思い遣る。

　隼人は里緒の体調を気遣いながら、お初が出かけた時の様子を訊ねた。里緒は思い出しながら答えた。

「お初さんは、七つ前頃に角餅を買いに出かけたのです。その時、私は帳場にいて、お初さんにその分の代金を渡しました。でも七つ半（午後五時）になってもお初さんは戻ってこなくて、なにやらおかしいということで、お竹さんが餅屋さんを訪ねてみたところ、確かに買い物にきたけれど、すぐに帰ったとのことでした。それで慌てて、親分さんたちにもお願いしまして、探していただいたという次第です」

「なるほどな。ここを出る時、お初の様子におかしな点はなかったか。いつもより元気がなかったとか、あるいはその反対に、妙に浮かれていたとか」

「いえ、そのような様子はまったく感じられませんでした。いつもどおり、明るく素直なお初さんでした。でも……どうなのでしょう。そう思ったのは私だけで、実は、いつもとどこか違っていたのでしょうか」

里緒は小さな顎(あご)に指を当て、必死で思い出そうとする。するとお栄が口を挟んだ。

「女将さんの仰るとおり、私の目にも、お初ちゃんは普段と変わりなかったですよ。お初ちゃんと私は同じく住み込みで働かせてもらっていて、寝起きする部屋も一緒なので、お初ちゃんの様子がおかしければ、ほかの人たちが気づかなくても、私には分かりますから」

「うむ。そのお前さんが言うのだから、お初はいつもどおりだったのだろうな。

寝起きする部屋が一緒なら、よく喋(しゃべ)っていたと思うが、近頃お初におかしな言動はなかったかい」

「別にありませんでした。お初ちゃんはお仕事が楽しいといつも言っていて、何かに不満があるようでは、まったくなかったです。人の悪口を言うこともなかったですし」

隼人は頷きつつ、腕を組む。

「男の話なんかもしていたかい。好きな男がいるようなことを、お初は言っていなかったか」

「お初ちゃんは、そのようなことは言っていませんでした。男の人の話をすることもたまにはありましたが、お初ちゃんが特定の誰かを好いているということはなかったように思います」

するとと岡っ引きの半太が口を挟んだ。

「お初ちゃんのことを好いて、追いかけ回しているような男はいなかったかい」

「いなかったと思います。また、誰かにつきまとわれて迷惑しているなどとも言っていませんでした。それに、ここは番頭さんがおっかないから、男の人も仲居をつけ回すことなどできないのではないでしょうか」

お竹もはっきりと言った。

「あの娘に、男の影はありませんでしたよ。いい仲の男もいませんでしたし、言い寄ってくる男もいませんでした。あの娘は私が知り合いに頼んで雇い入れた者ですから、そのようなことには特に目を光らせていましたよ。預かっている身なのでね、変な虫がつかないように」

「そうか。では男と駆け落ちしたなんてことはなさそうだな。お初は確か、下総から出てきたんだよな」

「はい。お初ちゃんは、下総は船橋の漁師の娘です。私は、武州は秩父の百姓の娘なので、故郷の話などよくしていました。お互い、故郷の自慢をし合ったりして」

「故郷自慢かい。ってことは、故郷に思い入れがあるんだな」

「お初ちゃんは小さい頃にお母さんを亡くして、お父さんとお祖母さんに育てられたんです。お初ちゃんは、お父さんはもちろん、お祖母さんのことがとても好きみたいで、よくお祖母さんの話をしていました」

「とても優しいお祖母様よね。今年も早くから蜜柑を沢山送ってくださって」

里緒の目が不意に潤む。そのような里緒を見やりながら、隼人は亀吉に命じた。

「今からすぐに下総に飛んでくれ。お初は、家が急に恋しくなって戻ったかもしれねえからな」

「かしこまりやした」

こんな刻限というのに、亀吉は二つ返事で引き受ける。

「あ、少しお待ちください。お初の実家がどの辺りにあるか、記して参りますので」

お竹は急いで帳場に向かう。戻ってきたお竹から紙片を受け取ると、亀吉は雪月花を直ちに飛び出していった。亀吉は齢二十四、岡っ引きの薄給の身でありながら女に食べさせてもらって気楽に暮らしている優男だが、仕事に対しては熱心なのだ。

隼人の横顔を眺めながら、里緒は大きく瞬きをした。

——やはり隼人様は頼もしくていらっしゃるわ。一声で、手下を向かわせてしまうのですもの。

少し安堵したからだろうか、里緒は「そういえば」と思い出した。

「今朝までお泊まりになっていたご夫婦がいらっしゃいました。鴻巣からお越しになった、人形問屋のご夫婦でした。そのご夫婦が、やけにお初さんを可愛がっていらっしゃったのです。……なんでも一年前に、お嬢様を亡くされたそうですが、そのお嬢様がお初さんによく似ていらしたとのことでした。お初さんもそのご夫婦に懐いて、すっかり仲よくなっていたのです。お人形好きのお初さんは、ご夫婦からお人形の話を聞くのが楽しかったようです」

「ああ、そうでしたね。お初ちゃん、ご夫婦に懐いてました」

お栄が相槌を打つ。

「そのご夫婦が、お発ちになる時、お初さんに約束なさったのです。次にこの旅籠に泊まりにくる時は、とびきり美しい雛人形を持ってくるよ、贈らせてもらうからね、と」

鴻巣は人形作りが盛んであるが、特に雛人形は鴻巣雛と呼ばれ、名高い。

そのような遣り取りを思い出しながら、里緒は推測した。

「そのご夫婦が、もしや亡くなられたお嬢様の代わりにしようと、どこかで待ち伏せをして、お初さんを連れていってしまったのでは……」

「お人形を沢山あげるよ、などと甘い言葉で釣ったのでしょうか」

お竹が付け加えると、里緒は眉を顰めた。

里緒の話から、幸作も思い出したようだった。

「お初ちゃんが角餅を買いにいったのも、雛あられを食べたいと言い出したからだったんです。鴻巣のご夫婦の話に影響されたんでしょう。この時季に雛あられってのはおかしいのではと俺が言っても、どうしても食べたいと言って聞かないんです。雛あられは見た目も綺麗だし、お客さんに振る舞ったら喜ばれるかも、などと言い出して。まあ、角餅を細かく切ってから、それを揚げて色をつければ簡単に作れますからね。じゃあ食紅なんかはあるから餅を買ってきて、とお願いしたという訳でした」

「なるほど。角餅で雛あられを作ろうとしていたのか」

　隼人が納得すると、お栄が口を挟んだ。

「そういえばお初ちゃん、上巳（じょうし）の節句（せっく）（雛祭り）の時、とても喜んでいました。雛人形はもちろん、節句のお料理も好きみたいで、白酒も菱餅（ひしもち）も雛あられも一年中味わいたい、なんて言っていました」

「そうそう、上巳の節句の時、お初ったら浮かれていたわよね。仕事の手を休めて、入口に飾った雛人形をずっと眺めていたから、叱ったんですよ」

　お竹も思い出したようだった。

　雛あられは、雛の国見せという行事によって広まった。雛の国見せとは、部屋に飾られている雛人形を野外に連れ出して、春の美しい景色を見せてあげるという風習だ。その際に、菱餅を野外でも食べられるようにと、砕いて作ったのが雛あられの始まりと言われる。

愛らしい色合いの、小さくて丸い雛あられ。お初がそれを食べたがったのも、里緒は分かるような気がした。

「あの夫婦、お初ちゃんを待ち伏せして、上巳の節句の料理も鱈腹食べさせてあげるよなどと言って、そそのかしたのかもしれませんね」

幸作が推測すると、皆の顔はいっそう強張った。隼人は腕を組み、考えを巡らせる。

――しかし、その者たちは本当に鴻巣の人形問屋だったのだろうか。どこかの悪党で、お初に目をつけ、人形問屋と偽ってこの旅籠に潜り込んだとも考えられねえか。

推測は色々と浮かぶが、里緒を無闇に心配させたくないので、隼人は迂闊に口にはしなかった。

「その夫婦ってのはいくつぐらいだった」

「ご亭主は五十絡み、お内儀様は四十半ばぐらいでしょうか。遅くに授かったお嬢様だったそうです。……それゆえ、亡くされて、いっそうお辛かったと思います」

里緒は長い睫毛を震わせ、そっと目を伏せる。

鴻巣の夫婦のことを心に留めつつ、隼人は一応、宿泊しているお客たちにも、少し訊ねてみることにした。

十部屋あるうちの八部屋が塞がっており、すべて町人で、年輩の者が多い。ほとんどが関八州に住んでいる者だったが、信州や上方から来ている者もいた。

神無月の江戸では頻繁に法要が行われるので、八人のお客のうち二人は、それに参加するために訪れていた。浄土宗寺院の十夜法要といえば盛大であるし、ほかにも禅宗の達磨忌法要、浄土真宗の報恩講、日蓮宗の御命講など目白押しなのだ。また、そろそろ恵比寿講の祭りがあり、それに伴い大伝馬町で夷講市（べったら市）が開かれるので、二人がそれを目当てに来ていた。

江戸の紅葉を観にきていた者は二人。雪月花の近くでは、下谷の正燈寺がその景色で名高い。江戸ではほかに、王子の滝野川の谷間、品川の海晏寺や東海寺などが紅葉の名所として知られていた。

残りの二人のうち一人は、吉原に遊びにいって流れてきた者、もう一人は長逗留(りゅう)している者だった。ちなみに山之宿町の周りには寺院が多く、吉原も近い。

お客たちに失礼がないようにしたいという里緒の意向により、里緒も隼人について、一部屋ずつ回った。

——お客様にはなるべくご心配をおかけしたくなかったけれど、仕方がないわね。

躊躇(ためら)いながらも里緒は、隼人と一緒にお客の部屋に入る。

まずは里緒がお客に深々と頭を下げて、夜分遅くにたいへん申し訳ございませんと詫びた後で、隼人が訊ねていった。隼人の口調は柔らかだったが、それでも同心が突然現れたので、何事かと誰しも緊張していた。

「ここで働いている仲居の一人が、買い物に出たきり帰ってこねえんだが、何か心当たりはねえかい。何でもいいんだ、何か気に懸かったことがあったら、教えてくれねえか。部屋に食事を運んだ時、何か気になることを言っていたとか、ちょっとしたことでいいんだ。覚えてねえか」

だが誰も心当たりはないらしく、同じような答えが返ってきた。

「別におかしなことはありませんでしたよ。態度もよくて、真面目に働いていました」

隼人は訊ねながら、お客たちの人となりも窺っていった。

雪月花に長逗留しているのは、お幾という女だった。

「お前さんはいつ頃から泊まってるんだい」

「先月の十八日からです。このお宿、居心地がよいもので」

雪月花に一泊するには五百文かかるので、一月宿泊すれば四両近くの宿賃となる。里緒は少しまけて、一月三両二分で結構ですと、お幾に告げていた。

「仕事は休んでいるのかい」

「ええ、まあ、そうですね」

「どんな仕事をしているんだ」

里緒に見せてもらった宿帳には、名前と在所しか書かれていなかったので訊ねてみる。するとお幾は苦い笑みを浮かべ、後れ毛をそっと直した。お幾は、檜垣文様の飛紗綾の小袖を纏っている。紅紫色の艶やかな色合いだ。

「妾奉公していたのですが、追い出されてしまいましてね。まあ、食べるに困らない程度のお手当はいただきましたので、それをこちらの宿代にあてながら、まともな仕事を探しているところです」

隼人はお幾を眺めた。齢二十五ぐらいだろうか、目鼻立ちのはっきりした、なかなか婀娜っぽい美女である。

「正直に話してくれて礼を言う。よい仕事が見つかるといいな」

「ありがとうございます。しっかり見つけます」

お幾は隼人に恭しく頭を下げる。隼人は再び訊ねた。

「長く留まっているならば、お初と話した回数も、ほかのお客たちより多いだろう。何か気になることはなかったかい」

「……特にありませんねえ。真面目に働いている、感じのいい娘さんと思っていました。よけいなことを話す人でもなかったですしね」

「今朝まで泊まっていた夫婦に懐いていたと聞いたが」

「そうなのですか。でも私、自分のことで手一杯で、泊まっているほかの人たちのことまではよく分かりません。ごめんなさい」

お幾は溜息をつき、目を伏せる。これ以上は聞き出せないようだったので、隼人は礼を述べて切り上げた。

お幾は努めて冷静な態度を取っていたが、様子がなにやら少しおかしいことに、里緒は気づいた。

お幾の部屋を出て、隼人に続いて廊下を歩きながら、里緒は考えていた。

——隼人様に答えるお幾さんの声は時々、裏返っていたというか、普段より少し甲高くなっていたわ。それにお幾さんは、隼人様となるべく目を合わせないようにしていた……。

訊ねるのはお幾が最後だったので、二人は階段を下りて、広間へと戻った。寅之助もまだ残っている。隼人が腰を下ろすと、幸作が夜食を運んできた。

「旦那、お疲れさまです。よろしければ召し上がってください」

湯気の立つ、熱々のけんちん汁だ。碗には、牛蒡、人参、蕪、絹さや、そして豆腐が彩りよく入っている。出汁と野菜の旨みが溶け合った、馨しい匂いが漂う。薄い色の汁に、胡麻油が浮かんでいるのも、なんともそそる。精進料理でもあるけんちん汁を出したのは、羽織の下に白喪服を着ている隼人への、幸作の気遣いだろう。

隼人は幸作を見つめ、頷いた。

「ありがたくいただこう」

碗を持ち、一口啜る。さっぱりとしているのに、旨みもしっかりとある。穏やかな味わいが口の中に広がり、喉を通って、胃ノ腑に落ちていく。慌ただしい一日を過ごした隼人の心と躰に、沁み渡っていくようだ。

隼人は目を細め、満足げな笑みを浮かべた。

「これほど旨いけんちん汁を、俺だけがいただくのもなんだから、皆で食べよう。幸作、皆にも振る舞うように。自分の分も持っておいで」

隼人の一声で、皆で味わうことになった。けんちん汁を啜る音が、広間に響く。

だが里緒は、一口しか箸をつけることができなかった。

けんちん汁を食べ終えた頃、お栄が「もしや手懸かりになるのでは」と、あるものを持ってきた。

それは、お初が趣味で作っていた、押し花だった。

お栄によると、お初は買い物などに出かけた折に、草花をそっと採ってきては押し花にしていたという。買い物の途中で草花を眺めるのは、お初のささやかな息抜きだったのだろう。

「少し手間がかかるかもしれませんが、これらの草花が咲いているところを探っていけば、お初ちゃんが買い物帰りにちょくちょく訪れていた場所が分かるのではないでしょうか。もしや、その辺りで誰かに声をかけられて、連れていかれたのでは」

お栄の考えには一理あり、皆、大きく頷く。里緒も頭を働かせた。

「古い押し花より、新しいものから探っていったほうがいいでしょうね。どの辺りで息抜きをしていたか、お初さんの近頃の行動が分かるでしょうから」

それもそうだと、皆で、新しい押し花から見ていくことにした。草花の種類はいくつかあり、その名が分かるものもあれば、草花に詳しい里緒でさえ「これは何でしょう」と首を傾げてしまうものもあった。

「この紅色のお花がワレモコウで、この紫色のお花が萩ということは分かるのですが、この薄桃色のお花がどうしても分かりません」

お初を思い起こさせるような、可憐な花だ。

「どこかで見たことはあるような気はしますが、名前が分かりませんねえ」

お竹も首を捻る。誰もその花の名前が分からないようだった。

そこで隼人は思いついた。

――織江の兄の織太郎殿や、その同輩の仲谷殿は御薬園同心ゆえに、珍しい草花もきっと知っているんじゃねえかな。特に仲谷殿は優秀で、御薬園の草花がすべて頭に入っていると聞いたことがある。

隼人は里緒に申し出た。

「その押し花を貸してもらえねえだろうか。知り合いの御薬園同心に頼んで、いったい何の草花か調べてもらおうと思う」

「是非よろしくお願いいたします」

　里緒は隼人に押し花を渡す。隼人はそれを大切に預かり、皆に告げた。

「とにかく夜も更けたので、今日はもう寝むように。亀吉は明日には戻ってくるだろうし、俺は明日、押し花を調べてもらいにいく。明日に備えて、躰を休めなければな。大丈夫だ、お初はきっと取り戻す。俺たちがついている、安心してくれ」

「お初ちゃんを必ず見つけ出せるよう、おいらも最善を尽くしますので」

　隼人の横で、半太も力強く頷いた。

　隼人は帰り際、心配そうな里緒の肩に、そっと手を置いた。里緒は、隼人を頼もしげに見つめた。

「遅くまで、本当にありがとうございました」

「ゆっくり寝んでくれ。心配なのは分かるが、気に病んではいけねえ」

「でも……私が、もっと気をつけていれば、こんなことには」

　里緒の声が震える。隼人の心も揺れた。

　——里緒さんも自分を責めてしまっているのだな。

隼人には、里緒の辛い気持ちが、身に沁みて分かった。隼人も先ほどまで、織江のことで自責の念に苛(さいな)まれていたからだ。

隼人は里緒を真剣な眼差(まなざ)しで見つめた。

「それは違うぞ。里緒さんのせいではない。お初は必ず帰ってくる。案ずるな」

里緒は大きな目を潤ませながら、隼人に頷く。隼人は再び、里緒の肩に手を置いた。

隼人は半太と寅之助と一緒に、帰っていった。満月が浮かぶ夜、里緒は隼人の背中を見つめ続ける。お初のことだけでなく、亡き二親のこともやけに思い出された。

淑(しと)やかながらも芯の強い里緒は、毎日懸命に仕事に励んでいるが、大切な二親を亡くした悲しみはまだ癒(い)えてはいない。

浅草小町などと呼ばれながらも、元来の推測好きの性格が災いして、つい相手の本性を見抜いてしまっては縁談を断り続けた里緒であるが、隼人のことは頼もしく思っていた。里緒は隼人に対して、男としてというよりは、人として好意を持っているのだ。

温和な隼人が、実は繊細な心の持ち主であろうことは、里緒も見抜いている。

その隼人がどんな思いで亡妻の法要を務めたかも、里緒には分かるのだ。
――そのような中、私たちにまでお気遣いくださったのだもの。なんてお礼を申し上げたらいいのかしら。

里緒は、隼人たちの後姿が見えなくなるまで、見送った。

広間に戻ると、里緒は皆に告げた。

「とにかく今日はもう寝みましょう。火の番もなしでいいわ。山川様が仰っていたように、明日のためにも躰を休めないと。吾平さん、お竹さん、遠くまで探しにいってくださって、本当にお疲れさまでした。お栄さんと幸作さんも、色々お気遣いくださって、本当にありがとうございました。こんな刻限ですから、幸作さん、よろしければ泊まってくださいね」

「あ、じゃあ、俺が火の番をやりますよ。どうせ明日も早くから仕込みをしますんで」

今夜はお客たちを騒がせてしまったが、いつもは四つ（午後十時）に消灯となる。雪月花では廊下に掛け行灯がいくつか灯っているので、その火の番を、住み込みの吾平・お竹・お栄・お初が交替で務めているのだ。

この番に当たった者は暁七つ（午前四時）まで、火の元の注意をする。途中でうとうとすることもできるが、その朝は五つ（午前八時）近くまで寝ていてよいことになっていた。

その火の番を買って出た幸作に、里緒は告げた。

「いいえ。気疲れもしたでしょうから、今夜はゆっくり寝んでください。寝不足では明日のお仕事にも差し障りが出てしまうわ。幸作さんが作るお料理を楽しみにしているお客様が沢山いらっしゃるのですから」

里緒に真っすぐに見つめられ、幸作は照れ臭そうに頭を掻いた。齢二十八の幸作はまだ独り身で、里緒に仄かに憧れているのだ。

「分かりました。お言葉に甘えて、今日はゆっくり寝ませてもらいます。二階の空き部屋を使ってもいいっすか」

「ええ、もちろんです」

「お前が二階で寝てくれれば安心だ。万が一、火の気でも察したら、飛び起きて大騒ぎしろよ」

吾平が口を挟むと、幸作は腕を組んだ。

「なるほど。二階で寝るだけで自然に火の番ができるって訳だ。分かりました、何かあったら太鼓叩いて大騒ぎします」

「おいおい、うちには太鼓まではねえよ」

雪月花に、ようやく微(かす)かな笑い声が戻った。

幸作たちにはゆっくり寝むよう告げたものの、その夜、里緒はお初が心配でなかなか眠ることができなかった。それはほかの皆も同じであったろう。

雪月花で働いている者たちは、里緒を含めて六人だ。番頭の吾平は齢五十五で、雪月花に勤めて三十年になる。商いに秀でており、躰も頑健(がんけん)で里緒に頼りにされていた。ずっと通いで勤めていたが、女房に先立たれ、子供も独立しているので、昨年からは住み込みで働くようになった。里治が亡くなって雪月花に男手がなくなり、里緒が心細げだったからだ。頑健な吾平は、いざとなれば、この旅籠の用心棒代わりにもなる。

仲居頭を務めるお竹は齢四十二で、こちらも雪月花に勤めて二十年以上の古参である。背筋がすっと伸び、所作(しょさ)もきびきびとしていて、まさに竹の如(ごと)き佇(たたず)まいだ。お竹は二十年前に所帯を持ち、暫(しばら)く通いで勤めていたが、十年前に亭主と離縁してからは住み込みで働いている。離縁に至ったのは、どうやら元亭主の浮気癖が原因のようだった。

今では独り身の吾平とお竹は、夫婦となってはいないがいい仲で、里緒の親代わりのようなものである。里緒もまた、子供の頃から馴れ親しんでいるこの二人を、とても信頼し、実の親のように慕っていた。

仲居を務めるお栄は齢十八で、雪月花で働くようになって三年目だ。先ほど隼人に答えていたように、武蔵国は秩父の百姓の娘で、大柄で明るく至って健やかである。お初ととても仲がよく、休憩の時に二人でお喋りに夢中になり過ぎて、お竹に叱られることもあった。

料理人の幸作は、雪月花で働くようになって七年目だ。それまでは日本橋の料理屋で修業をしていた。腕がよく、幸作が作る料理は、雪月花の目玉になっている。里緒に褒められると嬉しくて、さらに腕を磨こうとする。それでまた雪月花の料理の評判が、一段とよくなるのだった。ちなみに、住み込みではなく通いで勤めているのは、幸作だけである。

そして、消えてしまったお初は齢十七、仲居として働くようになって二年目だった。お初は、里緒が女将を務めるようになってから、お竹が信頼のおける知り合いに頼んで、雇い入れた者だ。お竹に指導され、二年目の今ではすっかり馴染んでいたが、このようなことになってしまった。お竹も内心、責任を感じて、いた堪れなくなっているに違いない。

——お初さん、お腹を空かせていないかしら。寒くないかしら。

毎日笑顔で働いていたお初のけなげな姿が、里緒の瞼に浮かぶ。襷がけをして、動きやすいように足首が覗くほどに丈を調節した黄八丈は、小動物のように愛らしいお初によく似合っていた。

里緒はお初に初めて会い、雇い入れた時のことを思い出した。

お初はかなり緊張していたが、行儀がよく、受け答えも丁寧で、里緒は好感を持った。なによりも、擦れておらず素直なところがよかった。

素朴で愛らしくて、周りを和ませてくれる、タンポポのような娘。それが、お初に対して抱いた印象だった。

里緒の期待どおり、お初は真面目に働き、仲よしのお栄とともに、無垢な笑顔でお客たちや里緒たちを癒してくれるようになった。

そのようなお初やお栄を、里緒は今では本当の妹のように思っている。だからこそ、お初の身がいっそう案じられ、不安で胸が押し潰されそうだ。

お初が作っていた押し花も、瞼に浮かんだ。お初は確かに、花を好む娘だった。

客部屋には絶えず里緒が花を飾っているが、お初はここに来た頃、それを見てはうっとりしていたものだ。

ある時、里緒が花を取り替えていると、お初がこのようなことをぽつりと口にした。まだ綺麗なのに捨ててしまうのはもったいない、お花が可哀そう、と。

それ以来、里緒は古くなった花を、お初に渡すようにしていた。受け取る時、お初は嬉しそうな顔で、里緒に礼を言った。お栄と一緒の部屋に飾っていたようだ。

里緒は、こんなことも思い出した。

春の時季、お初はよく、道端に咲いているタンポポの綿毛を摘んできた。里緒は子供の頃からタンポポの綿毛を吹いて遊ぶのが好きで、お竹とお栄も交えて、裏庭で綿毛を飛ばして楽しんだ。女四人、子供に戻ったように、無邪気に笑い合いながら。

その時には、数カ月の後に、このようなことが起こるとは思いもしなかった。

——幸せな時とは、タンポポの綿毛のように儚いものなのかしら。

冷える夜、悲しみが募る。

里緒は目を開け、不意に身を起こした。浴衣(ゆかた)の衿元を直しながら、仏壇に向かう。そして、先祖にお初の無事を強く祈った。

――お父さん、お母さん、どうかどうか、お初さんが一刻も早く帰ってきますように、お見守りください。お願いいたします。

目を固く瞑った里緒の長い睫毛が、微かに震えた。

色白ですらりとした里緒は、髪先から爪先にまで美しさが行き渡っている。が、それは情に厚い内面から滲み出るものであろう。顔は卵形、切れ長の大きな目は澄んでいて、鼻筋は通っているが高過ぎず、口は小さめで唇はふっくらとしている。黒目勝ちの里緒は、白兎(しろうさぎ)に喩(たと)えられることがある。子供の頃から踊りを習っていたので、立ち居振る舞いも麗しい。思いやりがあり、優しい笑顔の里緒は、美人女将と評判であった。

嫋(たお)やかながらも頑固な里緒は、このまま理想の男が現れなければ、女将の仕事をまっとうして生きていくと断言してもいた。

里緒のそのような心意気が功を奏しているのか、雪月花は代替わりしてから、以前にも増して繁盛している。里緒は、雇い人たちにもお客たちにも、頼りにされていた。

だが……順調だった雪月花に、なにやら暗い影が忍び寄ってきているのか。里緒の胸は波立つのだった。

三

一夜明けても、お初は戻ってこなかった。隼人は小石川御薬園まで赴き、織太郎と仲谷に事情を話し、押し花を見せて頼んだ。ちなみに養生所は、御薬園の中にある。

二人は快く引き受けてくれたが、織太郎は頭を掻いた。

「私は正直そのあたりは不案内で、草花の見分けがつかないことがあるのです。でも仲谷はほとんど頭に入っていますので、こいつに任せれば安心ですよ」

「それは頼もしい。仲谷殿、何卒よろしくお願い申します」

「はい。しっかり調べます」

隼人に頭を下げられ、仲谷は凛々しい声で約束した。

御薬園から戻る道すがら、隼人は推測しつつ、危惧していた。

――お初の行方知れずは、もしや金目的の勾引かしかもしれねえ。

このところ、娘が攫われて身代金を要求される事件が、二件ほど続いていた。どちらも町人で、大店ではなく中堅どころの店の娘だ。要求された金額はどちらも五十両。五十両ならば出せない金額ではないので、速やかに払ってしまったものの、どちらの娘も返してもらえなかったのだ。

身代金の受け渡し方法は、こうだ。

娘がいなくなって慌てている親のもとへ、手紙が届く。それには、何月何日の何刻に、何処ぞに金を持ってこい、などと書いてある。五十両さえ払えばすぐに娘を返してやる、と。場所は、人気のない神社や稲荷を指定し、このような言葉で結ばれている。

《必ず一人で来い。仲間はほかにもいる。もし奉行所に届けたりしたら、俺が捕まっても、仲間がお前の娘を殺す》

親は蒼白になり、言われたとおりに身代金を持っていき、指定された場所、たとえば神社の欅の木の下などにそれを置く。そして指示されたとおり、そこからいったん離れ、四半刻（三十分）後に再び確認にいく。欅の木の下に置いた身代金は消えていて、相手が受け取ったことが分かる。

このようにして身代金の受け渡しを済ませても、待てど暮らせど娘は戻ってこなかったというのだ。

――実に悪質な騙りだ。気の毒だが……その娘たち、とっくにどこかに売られちまっただろうな。

今回も似たような手口だと思った隼人は、雪月花に赴いた。里緒は憂いを湛えた面持ちで、玄関先を箒で掃いていた。隼人が近づいても、気づかない。隼人は無言で里緒を見つめる。不意に顔を上げた里緒が、隼人に目を留め、表情を微かに和らげた。

「山川様、昨夜は本当にありがとうございました」

里緒の声は変わらず澄んでいるが、今日はなにやら寂しげに響く。隼人は励ますような笑みをかけたが、口籠ってしまった。隼人は里緒に、自分のことを名前で呼ぶように頼み、里緒もほかに人がいない時はずっとそのように呼んでいたのに、名字に変わっている。里緒の緊張が窺い知れた。

里緒は隼人を見つめた。

「お初さんのことで、何か」

隼人は里緒の顔色を窺いつつ、言い難そうに告げた。

「金の要求があったら、必ず教えてくれ」

「……かしこまりました」

里緒は顔を強張らせる。隼人は二人の娘の勾引かしの事件について、詳しく話した。

「不安にさせてしまって、すまねえ。だが、事実から目を背けては、何も解決できねえからな」

里緒は弱々しく頷く。隼人は里緒を心配しつつ、一礼して、立ち去った。

玄関先に佇みながら、里緒は胸に手を当てて、考えを巡らせた。

――数日のうちにお金の要求があれば、一連の勾引かしによるものかもしれないけれど、要求がなければ、やはり鴻巣のご夫婦が怪しいのでは……。

溜息をつく里緒に、今度は近所の小間物屋のお内儀のお蔦が声をかけてきた。齢四十のお蔦は、ふくよかで優しげな面持ちの女だ。

「女将さん、たいへんねえ。お初ちゃん、まだ見つからないの」

「ええ、まだ」

「気を落とさないでね。大丈夫よ、お役人さんも出張ってくれてることだし、直に戻ってくるわ。私たちも、できる限り力添えするからね」

お蔦は里緒の肩をそっと抱き締める。温もりを感じながら、里緒は頷いた。昨日、吾平たちがあちこちを訊ねながら駆けずり回ったので、この近くの者たちは皆、お初が消えてしまったことを知っているようだ。

雪月花の近くには、小間物屋をはじめ、酒屋、八百屋、煮売り屋、やいと屋（鍼灸師）、筆屋、蠟燭問屋、薪炭問屋、菓子屋などが並んでいる。いつ頃からか、皆、隅田川沿いのこの通りを〈せせらぎ通り〉と呼んでいた。

里緒は、せせらぎ通りの皆とも仲がよく、毎年開くご近所の忘年会は雪月花でと決まっていた。

困っている時には、人の温かみが身に沁みる。だが、里緒には一抹の不安もあった。

「ありがとうございます。……でも、お初さんのことを思うと、あまり事を荒立てないほうがよいような気もして」

「分かってるわよ。帰ってきても今までどおりの暮らしができるように、こちらも注意するわ。十七の娘さんですものね。変な噂が流れないよう、気をつけるわよ。皆にも言っておくわ」

「よろしくお願いします」

里緒はお蔦に丁寧に頭を下げた。

隼人は奉行所に戻ると、同輩の村井に声をかけた。町人の娘の勾引かし事件は、村井が担当しているからだ。隼人が訊ねてみると、村井は教えてくれた。

「勾引かされた中堅店の娘たちは二人とも、何か悩みを抱えていて、それを誰かに相談していたようだ」

「どんな悩みだったのだろう」

「一人は、どうしても好きになることができない大店の息子に、無理やり嫁がされようとしていたという。もう一人は、継母との折り合いが悪くて、喧嘩が絶えなかったそうだ」

誰に相談していたかは、まだ突き止められていないとのことだった。だが村井が察するに、女たちにやけに人気の二枚目の占い師の青江妖薫が怪しいのではないかという。

妖薫は役者上がりの優男で、陰間だったという噂もある。大酒呑みで、いくら呑んでも酔うことがなく、蟒蛇の妖薫と呼ばれているらしい。胡散臭い男だが、なんといっても見栄えがよいので、女人のお客が後を絶たないそうだ。

「妖薫の占術は、いい加減なものらしい。でも、女たちは妖薫に悩み事を聞いてもらうだけで、満足しているようだ。もしや女たちから悩みを聞き出して、そこに付け込み、悪事を働いているのではねえかな」

「なるほど、確かに怪しいな」

「今、多いんだ。悩みの相談に乗るふりをして、金儲けをしようとする者が。妖薫の占い処の近辺にだって、得体の知れない祈禱師や市子などが看板を掲げているぜ。よろず相談引き受け処、などというものまであった。その中でも、妖薫の占い処がやはり飛び抜けて流行っているがな」

「そしてそういう者たちを頼りにするのは、やはり女が多いって訳だ。男はそう易々と悩みなど打ち明けねえもんだからな。それもよく知りもしねえ相手によ」

「まったくそのとおりだ。そのようなところに気安く出入りする女人たちには、付け込まれる危険もあるということを、よく分かっておいてほしいぜ」

村井と話しながら、隼人は、ふと思う。

――だが、お初みてえな素朴な娘が、蟒蛇などと呼ばれる占い師に熱を上げるものだろうか。それとも密かに憧れていて、時折、占い処を訪れていたのだろうか。

隼人は村井にお初のことを話し、何か分かったらすぐに教えてくれと頼んだ。

妖薫は吾妻橋近くの東仲町で占い処を開いていると教えてもらったので、隼人はすぐに向かった。すると浅草寺門前の広小路で、お絹が声をかけてきた。

「あら、旦那じゃないの。お元気そうでよかったわ」

「おう、お前さんも相変わらず元気そうだな」

「聞いたわよ。三回忌だったたんですってね。……旦那が寂しい時は、いつでも私のところへ来て。私が慰めてあげるから」

熱い眼差しでじっと見つめられ、隼人はたじろいだ。お絹は衣紋を大きく抜いて、わざと着崩しているので、豊かな胸の谷間が覗いてしまいそうだ。

このなんとも悩ましげなお絹は齢二十五、葛飾北斎に師事する女絵師で、雅号は葛飾絹花という。花魁の絵しか描かず「美しき変わり者」と呼ばれているお絹も、隼人贔屓の美女の一人である。お絹はこの近くの西仲町に住んでいた。

隼人は咳払いをして、お絹に答えた。

「うむ。気遣い、ありがとうよ。まあ、毎日慌ただしくて、そう思い出に耽っている訳にもいかんのだ」

「お忙しいのね。今も探索の途中なの」

　隼人はお絹を見つめ返した。

「そうだ。ちょっと訊きてえんだが、お前さん、青江妖薫って占い師を知らねえかい。東仲町で占い処を開いているそうだが」

「ああ、妖薫ね。知ってるわよ。とはいっても、喋ったことはないけれど。噂は耳にするわね」

「どんな奴だい。どんなことでもいいから、知ってることを教えてくれねえか」

「相当な女たらしという話ね。すらりとした優男で見栄えがいいから、言い寄ってくる女たちも多くて、貢がせているみたい。占い処なんて名ばかりで、結局は、妖薫とその信者たちの溜まり場でしょ」

「役者上がりだっていうしな」

「そうみたいね。なにやら破落戸のような連中たちとも仲よくしているそうよ。妖薫の占い処に、よく出入りしているみたい」

「柄の悪い者たちともつるんでいるって訳か。……教えてくれてありがとうよ。助かるぜ」

　隼人が礼を述べて立ち去ろうとすると、お絹は隼人の羽織の袖を引っ張った。

「それだけ？　私、いつだってできる限り、旦那のお仕事に力添えしているつもりなんだけれど」

「分かっておる。お前さんには本当に感謝しているぜ。蕎麦でも奢ってやりてえが、探索の途中だ。悪者を無事捕まえたら、その時はぱっと楽しもう」

「約束よ。……今度約束破ったら、承知しないから」

唇を尖らせるお絹の肩をそっと叩き、隼人は東仲町へと向かった。

妖薫の占い処の近くまで行ったが、中には入らず、周りで聞き込みをする。摑めたのは、だいたいお絹が話していたようなことだった。占い処には、女たちが列を成している。娘もいれば、年増もいた。

――やはり臭うな。妖薫には、村井が岡っ引きを見張りにつけているが、半太にも見張ってもらうか。

そんなことを考えながら八丁堀へ引き返す。すると亀吉が下総から直ちに戻ってきて、お初が下総には帰っていないことを隼人に報せた。

「暮らしていた家を覗いてみやしたが、お初がいる気配はまったくありやせんでした。親父さんとお祖母さんがいやしたが、心配させたくねえんで、お初がいなくなったことは伝えやせんでした」

「うむ、よい判断だった。まだ事を荒立てねえほうがいいからな」

「はい。ですが、近所の者たちにはさりげなく聞き込みやした。お初が帰ってきてねえか、姿を見なかったか、お初が遊びにいくとしたらどこか、などと。しかし、お初の姿を見た者は一人もいなくて、お初が昔よく遊びにいっていたという野原や稲荷を探ってみても手懸かりは掴めやせんでした。故郷が急に恋しくなったのなら海を見にいくかもしれねえとも思って探してみやしたが、海辺にもまったく気配はありやせんでした」

隼人は亀吉の肩に手を置いた。

「うむ。ご苦労だった。……そうか下総には戻っていなかったか。とすると、やはり勾引かしの線が濃厚になるな」

隼人の顔は強張った。

亀吉に蕎麦を奢ってやって奉行所に戻ると、仲谷が隼人を訪ねてきた。仲谷もすぐに調べてくれたようだ。隼人は恐縮しつつ頭を下げた。

「ここまでお出向きいただき、ご足労おかけしました。それも早急にお調べいただき、かたじけない」

「いえ、お気になさらず。お困りでしょうから、早くお伝えしたほうがよいと思ったのです」

仲谷は、誰も分からなかった押し花について教えてくれた。

「これはミゾソバです。ウシノヒタイとも呼ばれますね。葉を煎じれば、薬にもなります」

「薬草でもあるのですか」

「はい。これが最近作られた押し花だとしたら、このミゾソバが咲いている場所を探してみれば、何か突き止められるかもしれませんね。ミゾソバはその名のとおり、水の傍、湿ったところに育つ草花です。知っている人は知っている草花だと思いますので、似たような花を見かけたら、これはミゾソバですかと訊ねながら探してみるとよいでしょう。ミゾソバによく似た別の花もありますので、間違えませんようご注意ください」

「大事な手懸かりになると思います。仲谷殿、恩に着ます」

隼人は仲谷にもう一度深く頭を下げ、礼を述べた。

帰っていく仲谷の後姿を眺めながら、隼人は思った。

――仲谷殿はいいところの御新造様をもらっただけあって、やはり違うな。羽織の下に着ていたのは、あれはきっと西陣だろう。俺などには高嶺の花だ。

御薬園同心の俸禄は町方同心よりも少ないのだが、仲谷はよい着物を纏っており、それゆえにいっそう凜々しく男前に見えるのだった。

隼人は早速、半太にミゾソバの話をして、ミゾソバが咲いているところを探すように命じた。

齢二十二の半太は、小柄さを生かしてすばしっこく嗅ぎ回る。半太の姉は亭主と荒物屋を営んでいて、彼はそこに居候させてもらっていた。素直で心優しい半太のことも、隼人は頼りにしているのだ。

下総から戻ってきた亀吉には、占い師の妖薫を見張るよう命じた。

そして隼人は絵師の五十嵐蓬鶴を連れて雪月花に赴き、お初の似面絵作りへの力添えを頼んだ。

白い顎髭をたくわえた蓬鶴は、齢五十八ながら背筋の伸びた、飄々とした男である。隼人は似面絵を作る時は、懇意の蓬鶴によくお願いしていた。ちなみにこの蓬鶴、二十も若いお内儀を娶って、八丁堀の近くで楽しく暮らしている。

隼人たちは広間に通され、蓬鶴は里緒の話を聞きながら、手早くお初の似面絵を描き上げた。

「これでよろしいかな」

蓬鶴に似面絵を差し出され、里緒は大きく頷いた。

「はい、まさにお初さんです。そっくりに描いてくださって、先生、まことにありがとうございます」

里緒に丁寧に頭を下げられ、蓬鶴は照れた。

「いやいや、お役に立てそうで、こちらこそ嬉しいです。これでよろしいなら、同じ似面絵を何枚か描かせていただきたいので、もう少しお部屋をお借りしてもよろしいですかな」

「もちろんでございます。ごゆっくり描いてくださいませ。よろしくお願いいたします」

里緒は再び恭しく礼をする。蓬鶴は里緒に笑顔で頷き、囲炉裏の火で暖まった広間の中で、絵を次々に描いていった。

隼人は、お初の似面絵を、半太や亀吉だけでなく、寅之助の子分たちにも持たせようと思ったのだ。盛田屋の若い衆たちも、岡場所にまで繰り出して、お初を探してくれていた。

暫くして幸作が、蜜柑の葛湯(くずゆ)を運んできた。湯気の立つ葛湯の馨しい薫(かお)りに、蓬鶴は目を細める。蜜柑の搾り汁と葛粉を混ぜながら温め、そこに生姜汁(しょうがじる)と蜂蜜を加え、細く切った蜜柑の皮を浮かべたものだ。

蓬鶴はそれを啜り、大きく息をついた。

「いや、堪りませんな。続けて絵を描いていると、躰が甘いものをほしがるのですよ。この葛湯はさっぱりとした甘さで、胃ノ腑にもたれることもない」

蜜柑を搾って出したのは、幸作の配慮だろう。蜜柑をそのまま出すと、どうしても自ら手で剝いて食べなければならないので、絵を描いている蓬鶴には親切ではない。飲み物にすれば、描く合間に口にできるという訳だ。

隼人も葛湯を啜って、とろりと甘酸っぱい味わいに舌鼓を打った。

蓬鶴が絵を描き終えると、隼人は蓬鶴とともに辞去した。蓬鶴を吾妻橋まで送って猪牙舟に乗せ、隼人は似面絵を持って盛田屋へと向かう。口入屋の盛田屋は、雪月花と同じく山之宿町にある。なかなか立派な構えで、看板にも風格があった。間口七間（約一三メートル）の盛田屋の長暖簾を搔き分け、隼人が顔を出すと、若い衆たちが威勢よく迎えた。

「旦那、いらっしゃいやせ」

「親分に頼みてえことがあるんだが」

「かしこまりやした。どうぞ中へ」

若い衆の一人が、隼人を奥へと通す。寅之助は内証で、女房のお貞の膝枕で耳搔きをされていた。いつもは強面の寅之助が、猫のように目を細めている。寅之助のその姿を見て、隼人は思わず噴き出しそうになった。

「おう、親分。すまねえな、お楽しみのところ」

隼人が声をかけると、寅之助は目を見開き、飛び起きた。お貞も咳払いをして、姿勢を正す。お貞は、寅之助より一つ上の姉さん女房で、町火消の娘だっただけに、なんとも気風がよい。お貞は、若い頃は浅草小町などと呼ばれていた別嬪である。

寅之助はバツの悪そうな顔で、頭を搔いた。

「いや、旦那。こちらこそすみません。だらしのねえ姿をお見せしちまって。……あ、どうぞお座りくだせえ」

お貞が差し出した座布団に、隼人は腰を下ろした。

「失礼いたしました。どうぞごゆっくり」

お貞は丁寧に礼をし、部屋を出る。そして直ちにお茶と煎餅を運んできて、また速やかに下がった。

隼人はお茶で喉を潤すと、竹笊の中の煎餅を一枚摑んで齧った。醬油煎餅の芳ばしい味わいが、口に広がる。

「できた女房じゃねえか」

「いえいえ、古女房ですよ」

寅之助は苦み走った顔に、困ったような笑みを浮かべた。

一息つくと、隼人は懐からお初の似面絵を取り出し、寅之助に見せて頼んだ。

寅之助は二つ返事で引き受けた。

「承知しましたぜ、旦那。子分どもにこれを持たせて、お初を探させます」

寅之助は顔をさらに引き締め、隼人に約束した。

四

隼人は似面絵を半太と亀吉にも持たせた。

半太は似面絵を手にお初を訊ね回りつつ、ミゾソバも探し始めた。草花に疎い半太には骨が折れる仕事だったが、必死で探し、似た花を見つけた。それは、浅草瓦町、今戸橋近くの長屋の近くに咲いていた。薄桃色の、金平糖に似た形の花だ。

半太は、長屋の住人たちに確認してみた。

「これはミゾソバですか。ウシノヒタイともいうそうですが」

「うーん。この辺りによく咲いてる花だけれど、名前まではねえ」

おかみさんたちは首を傾げる。

「どうしてもこの花の名前を知りたいんです」

半太が粘っていると、長屋の長老の爺様が出てきて教えてくれた。

「そうだよ。それはミゾソバだ。ウシノヒタイってのは、葉っぱの形が牛の顔に似ているからそう呼ばれるんだ」

「あ、ありがとうございます。助かりました」

半太は爺様に厚く礼を言い、その薄桃色の花をミゾソバだと確信して、推測した。

——もしや、この長屋に住む誰かが、お初ちゃんをどこかへ連れ去ったか、あるいは隠してしまったのでは。

半太は頭に血が上り、長屋へ押し入って、一人一人に詰問(きつもん)したい衝動に駆られた。

半太は前々からお初のことを、いつも笑顔でけなげに働いているなと、好意を持って見ていた。そのようなお初を危険な目に遭わせる者など、許し難かったのだ。

半太は怒りを抑えながら、長屋に住むおかみさんの一人に、声を潜めて訊ねてみた。

「長屋に、怪しげな者は住んでませんか」

おかみさんは首を捻りつつ答えた。

「この長屋には見当たらないけれど、この近くにちょっと変わった人が住んでいるよ」

「どんな奴ですか」

「占い師の、なんとか妖薫って男だよ。すぐ近くの長屋さ。ずいぶん綺麗な男だけれど、なにやら怪しげだねえ。女の人も時々訪ねてくるって聞くよ」

半太は握り締めた拳を、微かに震わせる。青江妖薫の話は、隼人から聞いて知っていた。

半太は目を爛々（らんらん）とさせ、妖薫が住む長屋を見張り始めた。

すると、八つ（午後二時）を過ぎた頃、里緒が声をかけてきた。里緒も手が空いた時は、あちこち探し回っているのだ。

半太は里緒を連れてミゾソバが近くに咲いていた長屋へと戻り、手懸かりとなった花を指して言った。

「長屋の爺様が教えてくれました。この花はミゾソバだと。葉っぱの形が牛の顔に似ているので、ウシノヒタイとも言うそうです。お初ちゃんはきっと仕事の息抜きにこの辺りを散策していて、悪い奴に目をつけられたのでしょう。……許せねえです」

半太は顔を顰(しか)める。しかし里緒は、ミゾソバをじっくり眺めて首を傾げた。

「これは本当にミゾソバかしら」

半太は目を瞬(またた)かせる。里緒は薄桃色の花に、そっと手を伸ばした。

「これがミゾソバならば、お初さんが作った押し花の花は、別のものではないかしら。だって、この花は、葉っぱが細長いけれど丸みを帯びているでしょう。長屋のお爺様が仰ったように、牛の顔みたいな形だもの。あの押し花の花は、葉っぱがもっと細長くて真っすぐだったわ。柳の葉っぱみたいに。牛の額というよりは、蛇みたいな形だったもの。それに……このお花も茎にちょっと刺(とげ)があるけれど、押し花のほうはもっと刺々しかったのよ」

半太は焦った。

「で、でも、御薬園同心の方が、押し花の花は確かにミゾソバだと言ったんですよ。間違いはないと思うのですが」

里緒は顎に指を当てた。

「その同心の方が間違えたということもあり得るのではないかしら。人間、誰だって、間違えることはあるもの。きっと、御薬園同心の方も容易に見分けがつかないほど、花が似ているのかもしれないわね。ミゾソバによく似ていて、もっと細長い葉っぱのお花、探してみます」

里緒は半太に告げ、立ち去った。


里緒は川辺を中心に探していった。

——隼人様が、ミゾソバは水の傍に咲くからそのような名がついたらしいと仰っていたわ。ならば、その花によく似た花も、同じように水の傍に咲いているのではないかしら。

そのように察したからだ。そしてあちこち回るうちに、里緒はミゾソバにそっくりの花を見つけた。花は似ているが、葉は細長くて真っすぐだ。茎に触れてみると、ちくりとした。

――押し花の花は、こちらで間違いなさそうね。……もしや、ミゾソバには何種類かあって、こちらもミゾソバと呼ばれるものなのかしら。それならば納得がいくわ。

里緒はそう思い、通りかかった人たちに訊ねてみるも、誰も名前までは分からないようだった。溜息をついていると、人の好さそうなお婆さんが立ち止まって教えてくれた。

「それは、ウナギツカミですよ。可愛いですよね、名前はなにやら可笑しいけれど」

「ウナギツカミというのですか」

里緒は目を丸くした。

「ええ。茎に刺が生えてますでしょう。それでウナギも容易に捕まえることができるだろう、という意味のようですよ」

「ミゾソバとも呼ばれますか」

「ミゾソバは別の花ですよ。あちらとは、葉っぱが違うのよね。お花はよく似ているけれど」

「教えてくださってありがとうございます」

里緒はお婆さんに丁寧に礼を述べた。

――葉っぱはともかく、お花は確かによく似ているわ。両方とも、薄桃色で、金平糖のような形で。これでは御薬園同心の方も、うっかり間違えてしまうわね。

ウナギツカミもミゾソバと同様、湿った場所に育つようだ。

そこは山谷堀の近くの、新鳥越町だった。里緒が目を上げると、すぐ傍に尼寺が見えた。静観寺という寺だと、お婆さんが教えてくれた。

この近くには、尼寺のほかにも寺がいくつかあり、仏具屋や紙問屋、蕎麦屋、水茶屋などもあった。そして里緒は、少し離れた長屋の脇に、ワレモコウが咲いているのを見つけた。

――お初さんが作っていた押し花の中に、ワレモコウもあったわ。やはりお初さんが訪れていたのは、この辺りなのではないかしら。

里緒は紅色のワレモコウに手を伸ばし、指先で触れた。

里緒は雪月花に一度戻り、差し入れを持って再び半太のもとを訪れた。半太は瓦町の長屋をまだ見張っている。

「お疲れさまです。これ、お腹が空いたら召し上がってください」

　里緒に竹皮包みを手渡され、半太は目を瞬かせた。

「ありがとうございます。ちょうど腹が減ってきたところだったんで。嬉しいな、おにぎり大好きなんです」

「よかった。……お初さんのために、長い間、見張っていてくださるのですものね。感謝しています」

　里緒は半太に微笑む。半太も照れ臭そうに笑みを返しながら、竹皮を早速開いた。大きなおにぎりが三種類包まれていた。秋刀魚のおにぎり、松茸のおにぎり、蕎麦の実のおにぎりだ。半太は秋刀魚のおにぎりにかぶりついた。ほぐした秋刀魚が醤油で軽く味付けされ、ご飯にたっぷり混ぜられている。脂が乗った秋刀魚の味わいに、半太は目を細めた。

「秋刀魚も松茸もそろそろ終わりだから、嬉しいです。もう今年は食べられないと思っていたんで」

「喜んでもらえてよかったわ」

　里緒は微笑み、ウナギツカミのことと、見つけた場所を、半太に告げた。

「お初さんが押し花にしていたのは、ウナギツカミのほうで間違いないと思うの。とすれば、お初さんがお仕事の合間に息抜きしていたのは、新鳥越町の尼寺の近辺ではないかしら。お初さんが最近作っていた押し花の中にはワレモコウもあったけれど、新鳥越町の長屋の脇にワレモコウが咲いていたわ」

里緒の話を、半太はおにぎりを頰張りながら聞いている。里緒は続けた。

「行方知れずになっているほかの娘さんたちはどうか分からないけれど、お初さんは占い師に夢中になるような性格ではないと思うの。妖薫さんという人など知らなかったのではないかしら。もし知っていたとしても、お初さんなら、無闇に近づいたりしないでしょう」

半太は秋刀魚のおにぎりの最後の一口を呑み込み、頷いた。

「そうですよね。お初ちゃんは素朴な娘だから……」

里緒の考えに、半太も納得したようだ。半太は指を舐め、里緒に告げた。

「分かりました。新鳥越町の辺りも探ってみます。……おにぎりを全部食べ終えましたら、早速」

「お願いします」

里緒は微笑み、半太に頭を下げた。

里緒は瓦町を離れ、その足で今度は東仲町へ向かった。隼人に教えてもらった、妖薫の占い処へ赴くと、亀吉の姿が目に入った。里緒が声をかけると、亀吉は驚いたようだった。

「お腹が空きましたら、よろしければ召し上がってください」

里緒は亀吉にも差し入れを渡した。亀吉は恐縮しつつ受け取った。

「ありがたくいただきやす。見張りは腹が空きやすんで。……早速食ってもいいですかね」

「もちろんです」

里緒に微笑まれ、亀吉も竹皮を開いて、おにぎりを摑んで齧りつく。

「おっ、蕎麦の実入りとは粋ですね」

蕎麦の実の小さく弾けるような歯応えと、白胡麻も混ざった芳ばしい味わいが、仕事の疲れを癒してくれる。ゆっくりと嚙み締め、亀吉は息をついた。

「おかげさんで、元気が出てめえりやした。もうひと踏ん張りできそうですぜ」

「よかったわ。お腹がお空きになったら、半太さんもご一緒に、いつでもうちにお立ち寄りくださいね。おにぎりやお蕎麦、お饂飩でしたら、すぐにご用意できますので」

「お気遣い恐れ入りやす」

亀吉は深々と礼をする。頭を上げ、里緒を眺めながら、亀吉は付け加えた。

「女将さんも、ちゃんと召し上がってください。山川の旦那も、女将さんの躰のことを心配してましたんで」

「そうね……。私もしっかり食べなければね」

里緒は苦笑いで、衿元を直した。昨日お初が姿を消して以来、水とお茶以外は、ほとんど口にしていないのだ。

亀吉は竹皮包みを差し出した。

「よろしければ、お一つ如何(いかが)ですか。力つけないと倒れちまいやすよ」

里緒は首を横に振った。

「大丈夫よ。それは亀吉さんの分ですもの。……私は旅籠に戻って、何か食べるわ。ごめんなさいね、ご心配おかけして」

里緒は亀吉に礼をし、山之宿町へと戻っていった。

隅田川沿いを歩きながら、里緒はこめかみを手で押さえた。急に眩暈(めまい)を覚えたからだ。里緒は足を止め、深呼吸をして、川の向こうを見やった。向島(むこうじま)の長閑(のどか)な風景が広がっている。深い緑に混じって、紅葉の彩りが鮮やかだった。

眺めていると、木枯しが吹き過ぎた。それが沁みて、里緒は指で目元をそっと拭った。

せせらぎ通りを俯きながら歩いて、雪月花に戻る。帳場に座って肩を落としていると、幸作が湯気の立つ蕎麦を運んできてくれた。大根おろしがたっぷりかかった、みぞれ蕎麦だ。蒲鉾と松茸、銀杏も載っている。

「寒い日には、みぞれが一番です。躰の芯まで温まりますよ」

幸作が里緒に微笑む。お竹も帳場に入ってきて、口を出した。

「女将、駄目ですよ、少しは食べなければ。……ほら、ちゃんと召し上がってください。私が見てますから」

お竹は厳しい顔で、里緒の隣に腰を下ろす。里緒は苦い笑みを浮かべた。

「もう、お竹さんったら。子供じゃないのよ、私は」

「私からしてみれば子供みたいなもんですよ。ほら、あれこれ仰ってないで、箸をつけてください。これ一杯食べきるまで、見張ってますからね」

お竹に睨まれ、里緒は息をついて、碗を持つ。汁を一口啜って、里緒は目を瞬かせた。大根おろしの溶けた、少し甘みのある薄味の汁が、冷えた躰に沁み渡っていくようだ。

——なんて穏やかな味わいなの。躰だけでなく……心まで温もっていくようだわ。

里緒は汁をまた一口啜り、こしのある蕎麦をゆっくりと手繰り始める。吾平、お竹、幸作は、静かに里緒を見守っていた。

第二章　占い師は視た

一

里緒は、長逗留しているお幾のことがなにやら気に懸かっていた。隼人と遣り取りをしている時に、お初が消えて翌々日の、十七日の朝、里緒はお幾に朝餉を運んだ。様子をそれとなく窺うためだ。膳を持って階段を上がり、襖越しに声をかけた。

「おはようございます。朝餉をお持ちしました」

すると少し間を置いて、返事があった。

「あ……はい。どうぞ」

「失礼いたします」

里緒は襖を開け、丁寧に朝の挨拶をしてから中に入った。お幾はまだ浴衣姿で、しどけなく座っている。お幾が泊まっている部屋はちょうど裏側になるので、隅田川は見えないが、浅草寺の眺めはとてもよい。浅草寺の紅葉も盛りを迎えていた。

　里緒は再び一礼して、お幾の前に膳を置く。

今日の朝餉は、麦ご飯、鯨汁、金平牛蒡、蕪の漬物、納豆に海苔もついている。湯気の立つ鯨汁に目をやり、お幾は顔をほころばせた。鯨肉のほか、大根、葱、椎茸、豆腐が入っている。

「朝から鯨汁とは、元気が出そう」

「躰が温まりますので、是非お召し上がりください」

　里緒に微笑まれ、お幾は碗を持って箸で軽く掻き混ぜながら、鯨汁を啜った。鯨肉の脂が溶け出た味噌味の汁は、野菜の旨みと合わさって、コクがある。お幾は満足げに息をついた。

「ああ、てんで美味しいわ」

　里緒は目を瞬かせつつ、姿勢を正した。

「お口に合いまして、よろしかったです。ごゆっくりお召し上がりくださいませ」

丁寧に礼をして、里緒はお幾の部屋を下がった。

階段を下りる途中で、里緒は振り返って二階を眺め、小首を傾げた。そしてまた向き直り、一階へと戻る。すると幸作が板場から出てきて、里緒に声をかけた。

「女将さん、頼まれたもの、作っておきました」

幸作から栗ご飯をよそった碗を渡され、里緒の顔が和らいだ。

「ありがとうございます。もう栗も終わりだから手に入らないかと思ったけれど」

「いえ、女将さんからお願いされれば、どうにかして手に入れます。旬じゃなくても必ずどこからか見つけてきますんで、何でも言いつけてください」

「頼もしいわ。本当にありがとう」

里緒の黒目勝ちな瞳で見つめられ、幸作は照れつつ頭を下げた。

「今日も一日頑張りますんで、よろしくお願いします」

「こちらこそよろしくね」

幸作は笑顔で頷き、板場へと戻っていった。里緒は碗を大切に持って自分の部屋へ入り、仏壇に供えた。栗ご飯は、里緒の二親の大好物だった。祖父母も好きでよく食べていた。それゆえ栗ご飯は、里緒も幼少の頃から馴染み深い、いわば家族の思い出の味なのだ。

ふっくらとしたご飯の中に、黄金色の艶々とした栗がいくつも混ざり、胡麻塩が少し振られている。里緒は仏壇に向かって手を合わせた。

――お願いです。お初さんがどうか今日には帰ってきますように。……心配で、胸が潰れてしまいそうなのです。お父さん、お母さん、お祖父さん、お祖母さん、どうか、どうかお願いいたします。

里緒は華奢な躰を小刻みに震わせながら、祈り続ける。栗の甘やかな匂いが、線香の薫りとともに、仄かに漂っていた。

その日の九つ半（午後一時）を過ぎた頃、里緒が帳場で一息ついていると、お幾が階段をそっと下りてくるのが目に入った。

お幾は周りを見回しながら、こっそりと出ていってしまった。泊まっているお客が日中にどこかへ出かけるなど当たり前のことなので、普段ならば里緒は気にも留めないが、なにやら無性に気に懸かった。

里緒は考えるよりも先に、立ち上がっていた。

「どうしました、女将」

吾平は大福帳から目を離し、里緒を見上げる。里緒は衿元を直しながら、吾平に告げた。

「ちょっと出かけてきます。なるべく早く戻るわ」

言うなり、里緒は帳場を飛び出していく。吾平は呆気に取られたように、眼鏡を外して、目を瞬かせた。

里緒は急いでお幾の後を尾けた。お幾は紺色の浮経織りの小袖を纏っている。

——見失わないようにしなければ。

気持ちが逸り、顔が強張る。ほかのものが目に入らず、雪月花が並ぶせせらぎ通りで、里緒は誰かにぶつかった。

「あっ」

小さな叫び声が耳に入り、里緒は我に返った。道に落ちた包みに気づく。ぶつかった丁稚が持っていたものだった。

「ごめんなさい。大丈夫？」

里緒は慌てて包みを拾い、丁稚に渡した。その丁稚は純太といい、近所の蠟燭問屋で働いている齢十二の子で、里緒も挨拶する仲だった。純太はまだ躰が小さいが、いつも懸命に働いており、里緒も目をかけているのだ。

純太は笑顔で里緒に答えた。

「はい、大丈夫です。女将さんこそお気をつけて」

「中に入っていたものは何でしょう。蠟燭だったら、落ちたはずみで割れなかったかしら」

もし破損していたら弁償しようと思い、里緒は懐に挟んだ財布に手を伸ばす。

純太は、首を横に振った。

「蠟燭ではありません。中に入っているのは御祝儀袋ですから、壊れるようなものではないんです。旦那様に、開店のお祝いに届けてくれと頼まれたもので」

幼さの残る純太の澄んだ声を聞いていると、里緒のささくれ立った心も浄化されるようだ。と同時に、純太の姿にお初が重なり、切なさが込み上げてくる。

里緒は目を潤ませつつ、純太に微笑んだ。

「そう。壊れ物ではなくて、よかったわ。でも、やはり心配だから、中を確かめてみて。もし御祝儀袋が破けてしまっていたりしたら、その分を払わせていただきますので」

優しい目で促され、純太は「はい」と素直に頷き、包みを開いて確認する。御祝儀袋は無事だった。里緒は、純太のまだ前髪のある頭を、そっと撫でた。

「これで安心しました。よそ見していて純太さんにぶつかってしまって、本当にごめんなさいね。痛いところはない？　本当に大丈夫？　遠慮しないで言ってね」

「大丈夫です。こちらこそ申し訳ありませんでした。女将さんこそ、大丈夫ですか。痛いところはありませんか」

純太は心配そうな面持ちで、円らな目を瞬かせる。いじらしい純太に、里緒は微笑んだ。

「大丈夫です。よかったわね、二人とも怪我がなくて」

「はい。よかったです」

里緒は純太の小さな肩に手を置いた。

「お使い、気をつけていってきてね。お詫びに今度、お菓子でもご馳走するわ。楽しみにしていて」

「あ、はい。あ……でも」

純太は円らな目をいっそう瞬かせる。里緒はふっくらした唇に、しなやかな指を当てた。

「旦那様やお内儀様に内緒にしていれば大丈夫。もしばれてしまっても、私がお二人にきちんと訳をお話ししますから、心配しないで」

「はい、楽しみにしています」

純太は顔をぱっと明るくさせ、里緒に向かって無邪気に微笑んだ。深々と頭を下げ、純太はお使いに向かった。その小さな後姿を見送りながら、里緒は息をついた。お幾を尾けることは叶わなかったが、純太と触れ合うことができて、里緒の心は和らいでいた。

雪月花へ戻る道すがら、菓子屋の女房のお篠が声をかけてきた。お篠は齢六十。白髪を綺麗に結って洒落た着物を纏った、山之宿町でも名高い粋な婆様だ。

「あら女将さん、今から雪月花に伺おうと思っていたのよ。お蔦さんが言ってたの。女将さん顔色があまりよくなくて、元気がないみたい、って。だから、差し入れ。これでも召し上がって、元気になってちょうだい」

お篠に菓子包みを渡され、里緒は恐縮した。

「申し訳ございません。お気を遣わせてしまって」

「いいのよ。いつもの瓦煎餅だもの。女将さん、好きでしょ」

「ありがとうございます。……瓦煎餅って薫りで分かります、焼き立てですね。皆でいただきます」

お篠は里緒の背中にそっと触れた。

「女将さんは人のことを心配し過ぎるところがあるから、ほどほどにね。泊まりにくるお客さんたちだって、皆、女将さんの笑顔を楽しみにきているのよ。その女将さんが元気がなくて沈んでいたら、やはりお客さんたちもがっかりしちゃうと思うの」

お篠の言葉に、里緒は気づかされる。

「確かに……そうですよね。お客様方のためにも、元気でいなければと思います」

「そうそう、お客さんといえば、お幾さんとかいう女の人、そちらに泊まっていない？」

思いがけずお幾の名を聞き、里緒は目を瞠(みは)った。

「はい、泊まっていらっしゃいますけれど」

「あの人、うちの店で時々買っていってくれるのよ。甘い物が好きみたいね。先月からうちに来るようになって、この辺りでは見かけない顔だったから、新しく越してらしたの、なんて訊いてみたの。そしたら、おたくに泊まっているって話でさ。ずいぶん長く留まっているみたいね。お金持ってるんだね、あの人」

　里緒は息をついた。

「確かに、長逗留なさってますね。一月近くになります」

「珍しいんじゃないの、そういうお客って。宿賃は纏めて受け取ってるの」

「十日分は既にいただいておりますが、残りはお発ちになる時に纏めていただくお約束です」

「踏み倒されないように気をつけたほうがいいよ。まあ、大丈夫だとは思うけれどさ。一応、言っておくね」

　お篠は里緒に目配せし、店に戻っていった。里緒は瓦煎餅の包みを胸に抱く。米粉ではなく饂飩粉で作った厚焼きの瓦煎餅は、里緒だけでなく雪月花の皆の好物なのだ。

　里緒が雪月花に戻ると、お竹とお栄が階段を駆け下りてきた。

「たっ、たいへんです。お幾さんの部屋で、こんなものが見つかりました」

　お栄は肩で息をしながら、淡黄色の懐紙を里緒に差し出した。その懐紙に里緒は覚えがあった。お客にお菓子を出す時に使うものだ。

　お竹が口を挟んだ。

「昨日、落雁（らくがん）をこれに載せてお出ししたんですよ」

「だったら、この懐紙がお幾さんの部屋にあったとしても、何の不思議もないんじゃないの。それより、二人とも、勝手にお幾さんの部屋に入ったというの」

　里緒は目を剝く。お栄が慌てて答えた。

「いえ、勝手に入ったのは私です。……女将さん、さっきお幾さんの後を追いかけていきましたでしょう。私も、あの人のこと、ずっと気になっていたんです。お初ちゃんが消えたことに、あの人が関わっているかどうかは分かりませんが、なにやら気懸かりで。いても立ってもいられなくなって、部屋に入ってしまったんです。もしや手懸かりのようなものが、何か見つかるかもしれないと思って」

　お栄は息をつき、肩を震わせた。

「そして……この懐紙を見つけたんです。それで悲鳴を上げたら、廊下にいたお竹さんが驚いて入ってきたんです。だからお竹さんは何も悪くないんです」

　里緒は、お栄の肩に手を置いた。

「そういう訳だったのね。お客様の部屋に無断で入るのは、決してしてはならないことよ。それは心に留めておいてね。でも、お初さんを心配するお栄さんの気持ちも、分かるわ。だから今回は、特別に大目に見ます」

「女将さん……ありがとうございます」

お栄は目を潤ませ、里緒に何度も頭を下げる。里緒は溜息をついた。

「お互い様よ。私だって、お客様の後を尾けていくような、してはならないことをしてしまったもの。途中でちょっとあって、尾けるのは断念したけれど」

「心配が募って、どうやら皆、気持ちが逸っているみたいですね」

お竹も肩を竦める。里緒は白い手を差し出した。

「それで、その懐紙に何か書いてあったの？　見せて」

「あ、はい」

お栄から受け取った懐紙を眺め、里緒は息を呑んだ。それには、こう書かれてあった。

《はんごろし　三　みなごろし　二》

お栄の声が裏返った。

「まっ、まさか、五人のうちの三人を半殺しにして、二人を皆殺しにするってことでしょうか。あれ……でも、二人を皆殺しって、おかしいですね。五人いるなら、五人を皆殺し、ですよね。それとも、半殺しではなくて、完全に殺す意味での皆殺し、でしょうか」

「いずれにせよ穏やかじゃありませんよね、半殺し、皆殺し、なんて。やはりあの人、少し変ですよ。山川の旦那に報せましょうか」

お竹も眉を顰める。里緒は小首を傾げながら懐紙を眺めていたが、顎に指を当てて、口を開いた。

「これはたぶん、半殺しというのは牡丹餅のことで、皆殺しはお餅のことではないかしら」

お栄とお竹が目を見開く。里緒は続けた。

「作る時の糯米の潰し方を、こういう呼び名で表しているみたいよ。牡丹餅は、糯米を潰しきらずに粒感を残して作るでしょう。だから、半殺し。お餅はすべてしっかり潰すでしょう。だから、皆殺し。どこかの方言なのよ、確か。阿波国（徳島）でしたっけ。関八州のどこかでもそうだったような。上野国（群馬）だったかしら、下野国（栃木）だったかしら」

「そうなんですか。初めて聞きました。詳しいですね、女将」

「私も初めて知りました」

お竹とお栄は目を見開いたままだ。里緒は、菓子屋の女房のお篠から聞いたことを思い出していた。お幾が甘いものを好きだということを。それを踏まえて推測する。

「恐らくお幾さんは、牡丹餅を三つとお餅を二つ買おうと思って、忘れないように書き留めておいたのではないかしら。本当に誰かを殺めようとしている人が、そのようなことを書き記すとは思えないわ。それも、お菓子を載せていた懐紙に」

お竹とお栄は納得したように頷く。

「なるほど、そうかもしれませんね。牡丹餅とお餅とは、まったく気づきませんでした。……ということは、お幾さんって、阿波か関八州のほうの出なんでしょうかね」

「信州の追分（おいわけ）から来たって、話していらしたけれど」

里緒は再び懐紙に目を落としたが、お栄に渡して告げた。

「早くお幾さんのお部屋に行って、あった場所に戻していらっしゃい。いつお帰りになるか分からないから。さ、急いで」

「あ、はい。申し訳ありませんでした」

お栄は里緒にもう一度深々と頭を下げ、階段を駆け上がっていく。お竹は唇を尖らせた。

「なにもあんな物騒なことを書き留めておかなくてもいいのに」

「小さい頃から馴れ親しんでいる言葉だと、つい出てしまうのかもしれないわ。お幾さん、今朝、朝餉をお召し上がりになって『てんで美味しい』って仰ったの。私、それでちょっと不思議に思ったのよ。私が『てんで』という言葉を使う時は、その後に打ち消しの言葉を続けるから。てんで美味しくない、というように。『てんで美味しい』という言い方は、江戸の人はあまりしないでしょうから、お国訛りなのではないかと思ったの」

お竹は里緒を見やり、薄らと笑みを浮かべた。

「またそうして察していらっしゃったんですね。女将の推測好きには頭が下がります。まあ、そのおかげで、無闇に大騒ぎしないで済みましたけれど」

「あら、なにやら厭味っぽいこと」

里緒は咳払いをして、お竹を軽く睨んだ。

お幾は一刻（二時間）ほどして戻ってきた。それからは風呂と厠を使う以外は、部屋に閉じ籠ったままだった。

二

十八日となり、三日経ってもお初はなかなか戻らず、隼人は鴻巣の夫婦のもとへも手下たちを聞き込みに送りたかったが、半太も亀吉もそれぞれ見張りで忙しい。本当は自分で向かいたいのだが、幕臣である隼人は、殺人など大きな事件にまで発展しない限り、江戸を離れることは難しかった。

　隼人が手をこまねいていると、行方が分からなくなっている娘たちがほかにもいることが明らかになった。

立て続けに四人が消え、前の二人とお初を含めて計七人が行方知れずとなっているということで、ついに大騒ぎとなった。おまけにその四人のうち三人は、今月に入ってから、雪月花に泊まっていたことが分かったのだ。

一人は、青山の原宿村から訪れた、操という娘。あとの二人はお倉とお玉という姉妹で、巣鴨のほうから来たと言っていた。三人とも十六、七だった。

操は十一日から雪月花に泊まり、十四日に出ていったが、まだ家に戻らず、行方が分からなくなっているという。

お倉とお玉の姉妹のほうは十二日から雪月花に泊まり、十五日に出ていったが、こちらもまだ奉公先に戻ってこないという。三人は、十一日から十五日に集中して雪月花に泊まっていたことになる。

もう一人の娘も、十四日頃に姿を消したようだ。お常という、深川の干鰯問屋の娘らしい。

里緒は青褪めた。

——いったい何が起きているというの。もしや、うちに関わる者の誰かが手引きをしているということ？　でも、うちの使用人たちが、そのようなことをする訳はないわ。では、いったい誰が……。

里緒の心は千々に乱れる。お初をはじめ、娘たちが行方知れずとなっているのが揃って今月半ば頃からだということも、妙に気に懸かった。里緒は胸に手を当て、考えを巡らせた。

——まさか、お幾さんが？　お幾さんはここに長く留まっているわ。その間に、泊まっていたほかの娘さんたちを巧みに誘い込むことはできたかもしれない。でも……。

里緒は記憶の糸を手繰る。

──お幾さんが、あの娘さんたちに近づいていた様子はなかったように思うわ。話しかけているところなども、目にしたことがなかったもの。それとも密かに、親しくなっていたのかしら。

里緒は店の者たちに、お幾から目を離さぬよう、申しつけた。

雪月花に泊まっていた娘たちが消えてしまったというので、里緒だけでなく、吾平たちもさすがに参ってしまったようだ。皆、口数も少なく、ただ黙々と働いた。せせらぎ通りの人々も、かける言葉が見つからないようだった。

そんな折、隼人が雪月花を訪れた。隼人は里緒を慮りつつ、娘たちのことを訊ねる。里緒は気丈に答えた。

「確かに、今にして思えば、三人とも少し様子がおかしかったかもしれません。姉妹のほうは旗本屋敷に奉公なさっているとのことでしたが、もしや奉公先から逃げ出してきたのかしらと、少し疑いましたから。原宿村からいらっしゃっていた娘さんは、足りなくなるのではないかと、やけに金子の心配をなさっていました。お百姓さんの娘さんで、畑仕事を手伝っていると仰ってました。……そして三人とも、日中、よく出かけていらっしゃいました」

「若い女が一人あるいは二人で泊まりにくるのは珍しいんじゃねえか」

「はい。仰るようにそれほど多くはありませんが、ない訳ではございません。江戸三座にお芝居を観にいらしたような場合は、女人お一人、あるいは数人でお泊まりになることがございます。桜や紅葉の名所を巡るために、女人のみでお泊まりになることもございます」

江戸三座の芝居は明け六つ（午前六時）から七つ半（午後五時）まで続くので、江戸から離れたところから観にくる場合は泊まりがけになるのだ。

「ふむ。では芝居でも観にきていたのだろうか」

「今、市村座では、昨年五代目を襲名した岩井半四郎が当たりを取っているそうです。女形の半四郎は容姿が麗しく、女人たちに大人気とのこと。半四郎を一目見ようと江戸の外からも押しかけていると、瓦版にも書いてありました」

「なるほどなあ。では娘たちも半四郎の芝居を観にきていたのだろうか」

「お栄さんは、姉妹に、正燈寺への行き方を訊ねられたそうです。紅葉の錦をご覧になりに、お出かけになっていたとも思われます」

「そうか。見張っていた訳じゃねえから、ここに泊まっていた間、どこで何をしていたかなんて、詳しくは分からねえよな。推測の域を出ねえ」

里緒は溜息をついた。

「うちは浅草寺などの観光で訪れるお客様も多いので、どこへお出かけですかなどと、いちいち訊ねないようにしております。あれこれ訊かれることを嫌がるお客様もいらっしゃいますので。……でも、もしや」

里緒は顎に指を当て、不意に言葉を切る。

「どうした。何か気になることがあれば、話してくれ」

「いえ……もしや三人とも件(くだん)の占い師のもとを訪ねていたのではと、ふと思ったのです」

「占い師に会いに、こちらまで来たということか」

隼人は腕を組む。妖薫を探ってみたところ、その名前は江戸近辺にまで知れ渡っており、関八州からも会いにくる女たちがいるとのことだった。

里緒は頷き、胸に手を当てた。

「三人とも、この宿にいらっしゃった時は、どことなく沈んだお顔だったのです。でも、お発ちになる時は皆様、晴れやかなお顔だったので、うちで寛いでいただけたのだと嬉しく思っておりました。皆様、希(のぞ)みに満ちたお顔でしたのに……。まるで、新しい何かを見つけられたかのように」

「占い師の甘言に、ただ惑わされていただけだったのかもしれねえな」

隼人が苦々しく言うと、里緒は眉根を寄せた。

「お客様のことを悪く申し上げるのは気が引けるのですが……。うちに泊まっていらっしゃるお幾さんが、もしや関わっているのではないかと懸念しております。お幾さんが占い師と通じていて、お幾さんが手引きして娘さんたちをどこかに隠してしまったのでは」

隼人は天井に目をやった。

「お幾は、今、部屋かい」

「はい。いらっしゃいます」

「くれぐれも注意しておいてくれ。女将が言うように、妖薫と繋がっていなくもねえだろうからな。もし何か動きがあったら、すぐに報せてくれ。妖薫のほうは亀吉が目を光らせている。俺も気をつけておくぜ」

「かしこまりました」

里緒は頷きつつ、ますます顔を曇らせる。

「……やはり、お初さんも一連の勾引かしに巻き込まれたのでしょうか。鴻巣のご夫婦についていったのではなくて」

　里緒は落胆を隠せなかった。里緒は思っていたのだ。鴻巣の夫婦と一緒ならば、お初はまだ安全だと。でも一連の事件に巻き込まれてしまったのならば、どう考えても危険が伴う。

「鴻巣のほうに誰か向かわせよう。ぐずぐずしていて悪かった」

　隼人は里緒のいっそう細くなった肩に、そっと手を置いた。

「恐れ入ります。……よろしくお願いいたします」

　里緒は声を微かに震わせ、隼人に頭を下げる。隼人は幕臣なので、なかなか江戸を離れられないということは、里緒も知っていた。

――うちの使用人のことで、色々な方にお手数をおかけしてしまって、本当に申し訳ない。

　恐縮する気持ちと、お初への心配とが重なり合って、里緒の美しい顔は強張っている。

　隼人は里緒に微笑みかけた。

「気にするな。困った時はお互い様だ。俺だってこの前の探索では、里緒さんに充分に助けてもらったからな。……ほら、これでも舐めて元気出してくれ」

　隼人は里緒に、細長い袋を渡した。

「まあ、千歳飴（ちとせあめ）」

「そこの浅草寺の近くで買ったんだ」

「子供の頃、好きでよく舐めていました」

「大人になって味わっても旨いぜ。千歳飴には、健康でいられる、長生きできるってご利益（りやく）があるからな」

「はい」

優しい笑みをかけられ、里緒はしおらしく頷く。

隼人が帰ると、里緒は千歳飴の袋を開けた。六本入っていたので、吾平、お竹、お栄、幸作に一本ずつ配る。帳場にいた吾平とお竹は早速口に銜（くわ）え、味わった。長い飴を手に、吾平とお竹は浮かない顔を少し和らげる。里緒は帳場を出て、自分の部屋に行った。残りの二本のうち一本を、袋に入れたまま仏壇に供える。そして手を合わせ、お初の無事を何度も願った。

裏庭に面した障子窓をそっと開けると、冬椿（ふゆつばき）の薄らと紅（あか）い蕾（つぼみ）が目に入った。この庭では、暑い時季には白い夏椿が、寒い時季には紅い冬椿が咲き、彩りを見せる。

冬椿の可愛らしい蕾は里緒の心を癒してくれたが、それを眺めていると、小柄で頬をほんのり赤く染めたお初がやけに思い出された。

冷たい風が吹いてきたので、里緒は障子窓を閉め、最後に残った千歳飴をようやく口にした。

「美味しい……」

優しい甘みが蕩けて、口の中に広がっていく。里緒は千歳飴を味わいながら、そっと目を閉じた。


隼人が奉行所に戻ると、ほかにも大きな事件が起きて騒ぎになっていた。千住宿の近くで、侍が斬り殺されたのだ。先輩の鳴海に命じられ、隼人は直ちに向かうことになった。

行方知れずになった娘たちの家族や奉公先の者たちが集まってきていたので、隼人は五十嵐蓬鶴を呼び、その者たちの証言をもとに似面絵を描かせ、自分は奉行所を出た。

猪牙舟で隅田川を上っていくと、長閑な風景が広がり始め、道灌山も望める。道灌山は、春は桜、秋は紅葉で名高い。落葉前の艶やかな彩りは、事件が次々に起きて緊張している隼人の心を、癒してくれた。

——道灌山があるほうは、やはり眺めがよいなあ。日暮しの里と言われるだけある。

日暮里は、かつて新堀村という地名だった。それがなぜ日暮里になったかといえば、桜や躑躅や紅葉などの草花が美しく、「一日中過ごしても飽きない里」の意味で、「日暮しの里」と呼ばれたことに由来するのだ。その、日暮しの里の一軒家で、隼人の母の志保は暮らしていた。

道灌山の近くには、松平飛騨守の下屋敷や多くの寺院が並んでいる。谷中の天王寺はその中でもひときわ大きかった。

眺めを堪能しつつ、隼人は千住大橋の付近で猪牙舟を降り、急ぎ足で向かった。死体は近くの番屋に運ばれていた。袈裟斬りの一太刀、殺ったのは腕が立つ者と思われた。

死体は円通寺の裏手で見つかったようだが、通行手形や羽織など、身元が知れるようなものはすべて奪われていた。

「斬られてから、それほど経っていねえようだな」

「はい。見つかりましたのが、明るくなってきた時分ですから、六つ半（午前七時）頃でしょうか。寺男が悲鳴を上げ、騒ぎとなりました」

番人が答える。

「うむ。では、恐らくその少し前ぐらいに殺られたのだろう。……ってことは、どこかの旅籠に泊まっていて、そこを早く発ってどこかに向かおうとしたところを襲われたんじゃねえかな」

「そうだと思います。旅籠を当たってみれば何かお分かりになるかもしれません。もっとも、この宿場には四十以上ありますが」

千住宿は日光街道及び奥州街道の入口になるので、そのどちらかに向かおうとしていたと考えられる。もしくはそのどちらかをやってきて江戸に入ろうとしていたとも考えられるが、侍が着けていた小袖や裁着袴のよれ具合から、それはないだろうと隼人は察した。侍の身なりに、長旅をしてきた様子は窺われなかったのだ。それゆえ、殺された侍は、やはりこれからどこかへ向かおうとしていたと見るのが妥当だろうと、隼人は考えた。

日光街道は下野国の日光まで、奥州街道は陸奥国にまで続いている。千住宿は江戸四宿の中で、家数、人口が最も多かった。

まずは千住本宿の旅籠を隈なく当たってみたが、手懸かりは摑めなかった。それでも諦めずに掃部宿を当たってみた。掃部宿は、元和二年（一六一六）に掃部堤が築かれた後に開かれている。

「三十ぐらいで、中肉の中背。色黒で、鉄紺色の小袖に裁着袴を着けていた。そのような侍が昨夜泊まっていなかったかい」

一軒一軒訊ね回ると、隼人は殺された者が泊まっていたところを、ついに探り当てた。〈凪屋〉という旅籠だった。

そこの主人に宿帳を見せてもらい、殺されたのは、烏山藩の藩士の小野という者らしいと摑んだ。どうやら小野は、江戸から国元へ向かっていたようだ。烏山藩は下野国にあり、関八州となるので、参勤交代は半年の間隔で、藩主は今、国元にいる。隼人は察した。

――江戸藩邸で何かが起きて、藩主に報せようとしていたのだろうか。

残されていた小野の持ち物などを調べてはみたが、直訴状のようなものは見当たらなかった。

――何か携えてはいたが、盗まれたのかもしれねえな。

隼人の推測が正しければ、烏山藩では何か重大なことが起きているのかもしれない。

凪屋の主人によると、小野は昨夜の四つ頃に旅籠に飛び込んできたそうだが、酷く強張った面持ちで、普通の様子ではなかったという。

「何者かに追われているのではないかと、咄嗟に思いました。それで一時的に身を隠したいのではないかと。何か訳がありそうでしたし、うちで殺傷沙汰でも起こされたら堪りませんので、お断りしようかと思ったのです。……でも、決して迷惑はかけぬ、明日の朝早くに出ていくから一晩だけと、二倍の宿賃を差し出されたのです。それで、お泊めしました」

「旅籠に上がってから出ていくまで、変わった様子はなかったか」

「はい。やはり気になりまして、お客様をお部屋にお通ししましてから、外の様子を窺ってはいたのです。すると、うちを見張っているような者がおりました。顔を見かけたことがありましたから、恐らく……この辺りをよくぶらぶらしている浪人者でしょう」

「なんという者だ」

「名前までは分かりませんねえ。すみません。この辺りで聞き込んでいただいたら、お分かりになると思いますよ。歳は三十半ばぐらい、長身で総髪、無精髭を伸ばしていて、左目の下に傷がありますので」

するとと凪屋の番頭が現れて、教えてくれた。

「その浪人者ですが、私も名前までは知りませんが、よく鮒屋に出入りをしていますよ。鮒が好物のようです」

　隼人は凪屋の主人と番頭に礼を言い、鮒屋をあたってみることにした。千住宿は川魚が名物で、特に鮒屋が多いのだ。その一軒に入って訊ねようとすると、主人に鮒の雀焼きを勧められた。

「小鮒を背開きにして串に刺して焼いた形が、雀に似てるっていうんで、その名がついたんですよ」

「そうなのか。醤油のたれを絡めて焼いた色が雀の色に似ているから、そう呼ばれるのかと思ったぜ」

　店の中に川魚の焼ける芳ばしい匂いが漂い、隼人は思わず唇を舐める。焼きあがるのを待ちながら、隼人は主人に件の浪人者のことを訊ねてみた。すると主人はその者を知っていた。

「恐らく、この宿場の外れに住んでいる甚内さんだと思います。うちにもよくいらして、この雀焼きをたんまり買ってくださいますよ」

「そうなのか。たんまり買うとは気前がいいじゃねえか。浪人者なのだろう」

「ええ。何をなさって生計を立てているのかよく分かりませんが、甚内さんは金子には困っていないようです。よくこの辺りをぶらぶらなさって、遊んでいらっしゃいますよ」

「ふむ。謎の浪人者ということか」

隼人は考えを巡らせながら、主人に出された鮒の雀焼きを味わった。

醤油のたれを絡めてこんがり焼き上げた小鮒は、川魚の清らかさを残しながらも、濃厚な味わいだ。

――俺は酒をあまり呑まんが、酒好きの人はつまみにすると堪らんのではないか。飯にも合いそうだ。この雀焼きだけで三杯は食えるな。

聞き込みで歩き回ったので、美味しさもひとしおだ。隼人は頭から尻尾まで、鮒を丸ごと堪能し、お代わりまでした。

そして主人から甚内の住処を聞いて、鮒屋を後にした。

千住宿は本宿、新宿、南宿と分かれており、千住一丁目から五丁目を本宿、掃部宿・河原町・橋戸町を新宿、中村町・小塚原町を南宿と呼ぶ。甚内の住処は、南宿の小塚原町にあるようだった。

隼人は、小塚原町の外れにある、甚内の住処を見つけた。腰高障子の隙間からこっそり覗くと、甚内はまだ日が高いうちから酒を呑んでいる。

――直接訊くのはまだ早いだろう。そんなことは知らんと白を切るだけだ。

隼人はそう考え、長屋を離れ、近所の者たちに聞き込んでみた。すると、若い棒手振りがこんなことを教えてくれた。

「あのご浪人さんのところには、時々、お侍が訪れるみてえですよ。きちんとした身なりで、どうやらどこぞの藩士なのではないかって噂です」

隼人は首を傾げ、腕を組んだ。

――なにゆえに浪人となっているのに、いまだに藩士と繋がりがあるのだろう。

隼人は不審に思い、ほかの者にも色々訊いてみたが、藩士らしき侍が甚内を時折訪ねるという話は本当のようだった。

小腹が空いたので水茶屋に入り、みたらし団子を頼んだ。それを頬張りながら、隼人は店の女将にも訊ねてみると、女将は甚内のことを知っていた。

「あの人、よく飯盛り女と遊んでいるみたいですよ」

「千住宿の飯盛り女かい」

「そうです。気前はいいみたいですね。柄はあまりよくありませんが」

女将は含み笑いをする。

「どの辺りの旅籠だろう。この小塚原町にも食売旅籠が多いよな」

食売旅籠とは、飯盛り女を置いている旅籠のことだ。ちなみに飯盛り女を置かない旅籠を、平旅籠と呼ぶ。

「ここら辺ではなくて、千住二丁目とか三丁目とか、あっちの辺りで遊んでいるって聞きましたよ」

隼人はみたらし団子を五本食べ、女将に礼を言って茶屋を出た。

本宿へと戻り、二丁目と三丁目を中心に熱心に当たってみる。隼人は食売旅籠を一軒一軒、訊ね歩いた。

そしてついに、甚内が懇意にしている飯盛り女を探し当てた。女はお縫といい、〈かつ屋〉という旅籠にいた。

その頃には薄暗くなりかけていたが、隼人はほかにも色々抱えているので、泊まることはせずに、お縫を呼んでただ話を聞くことにした。

お縫は酒と料理を載せた膳を持って、現れた。濃紅色の小袖を着崩し、白粉をたっぷり塗ったうなじを覗かせている。お縫は膳を、隼人の前に置いた。

山女魚の味噌焼きを一口頬張り、隼人は納得したように頷いた。

——先ほど食べた雀焼きは醬油味だったが、味噌焼きも乙なものだ。しっかりとした味付けだが、川魚の爽やかな味わいを決して損なうことはねえ。

千住宿は川魚が名物と言われることが、実によく分かる。山女魚には、適度な大きさに切った葱も添えられていた。葱も千住の名物で、こちらも味噌焼きだ。山女魚にも葱にも、みずみずしい甘みが仄かにあった。

酒を注ごうとするお縫の手から、隼人はそっと徳利を奪った。

「俺は酒が弱くてね。お前さんが呑んでおくれ」

隼人に逆に酒を注がれ、お縫は恐縮しつつそれを啜った。隼人は山女魚と葱を味わい、お縫は酒を味わう。お縫の頬がほんのり染まってくると、隼人は訊ねた。

「お前さん、甚内って男を知ってるだろう」

お縫は目を伏せ、頷いた。隼人はお縫にまた酒を注いだ。

「番頭から聞いたかい。俺があちこちの旅籠を訊ね回って、ここに辿り着いたってことを」

お縫は溜息をつき、弱々しい笑みを浮かべた。

「なんでも訊いてくださいまし。私が知っていることはお話ししますよ。……ところで、あの人、どんなことをしたんですか」

「うむ。まあ、まだはっきり分からねえがな。疑いがある、ってぐらいだ」

お縫は酒を一息に呑み干し、真紅の唇をそっと舐めた。

「……確かに怪しげですものね、あの人。まあ、そこがいいんだけれど」

「惚れているようだな」

隼人はまた徳利を傾けた。お縫は礼をしながら、盃を差し出す。

呑まされ続け、いつの間にやらお縫は、脚を崩し、切れ長の目のキワまで赤く染めていた。お縫は呂律が怪しくなりながらも、甚内についてこのような話をした。

「あの人、浪人者なのに、お金を持っているのよね。自分でもよく言っているわ。俺は一生、食うには困らねえんだ、って」

「それはどうしてなのだろう」

「なんでも、偉い人の身代わりになって、藩籍を抜かれたとか、なんとか。それを貸しにして、その偉い人に面倒を見てもらっているのかもね」

「どこの国の生まれなんだろうな」

「野州って言ってたわね」

野州とは、下野国のことだ。とすると、甚内も烏山藩の者だったということは大いにあり得る。

「どういった経緯で身代わりになったか知ってるかい」

「そこまでは知らないわ。……でも、金を持ってる男ってのも憎らしいわね。あちこちで遊ぶから。あの人も、この辺りだけでなくて、深谷のほうでも遊んでるの。馴染みの女がいるみたいよ。深谷も賑わっているところだから、楽しいみたいね」

深谷も飯盛り女、つまり遊女が多い宿場として知られる。隣の熊谷宿は飯盛り女を置かないので、深谷に流れて盛況となったのだ。深谷は、中山道では最大の宿場町である。

「深谷は中山道じゃねえか。こちらは日光街道だろう。甚内は、あっちのほうまで足を延ばして遊んでいるのか」

「そうみたいね。ちょくちょく行ってるわよ、深谷には。ああ、妬けちゃうわ」

「甚内には御新造はいないのだろうか」

「前はいたみたいだけれど、今は独り身でしょ。離別か死別か、よく分からないけれどね」

お縫は脚を崩したまま、しどけなく酒を呷る。その横で隼人は、考えを巡らせつつ、追加で頼んだ京菜の胡麻和えをぱくぱくと頬張った。旬の京菜も、千住で多く作られている。

隣で悩ましげな飯盛り女が酔いどれていようが、隼人は花より団子なのだ。

お縫から話を聞き出すと、隼人はすぐさま八丁堀へ戻ったが、役宅に着く頃には四つ（午後十時）を過ぎていた。

「旦那様、お帰りなさいませ。遅かったですね」

下男の杉造と下女のお熊が、隼人を迎える。二人とも、隼人が生まれる前から山川家で働いている古参である。ともに子供が独立しているので、今は住み込みで隼人に仕えていた。

杉造は齢五十六、小柄で柔和な男で、いつも淡々と仕事をこなしている。

お熊は齢五十五、よく肥えていて、大きなだみ声が特徴だ。その声で歌いながら掃除や洗濯をして、隼人の機嫌を損ねることがあった。

隼人は、お熊に包みを渡した。

「うむ。千住まで行ってきたんでな。それは土産、鮒の雀焼きだ。旨いぞ」

千住宿を去る時、隼人は鮒屋へ再び赴き、土産を買ったのだ。

お熊は包みに鼻を近づけた。

「あら、いい匂いですね。雀焼きっていっても、雀じゃなくて、鮒なんですか」

「鮒ってとこがまたいいんだ。食ってみてくれ、意味が分かるぜ」

「旦那様の夕餉にもおつけしますね」

「そうだな。でも一つでいいぜ。後は二人で分けてくれ」

「ありがたくいただきます」

お熊と杉造は声を揃える。

「飯は軽くていいぞ。千住で色々食ってきたんでな」

隼人は付け加え、自分の部屋へと入った。

着替えを済ませて寛いでいると、お熊がお茶と菓子折りを運んできた。

「こちらは清香様が持ってきてくださいましたよ。ご仏前にお供えくださいませ、とのことです」

美しい紙で包まれた菓子折りを眺め、隼人は目を細めた。

「桃山を持ってきてくれたのか。ありがたくいただこう」

ほんのりと卵の黄身の味がする白餡の焼き菓子は、織江の好物だった。

隼人は立ち上がり、菓子折りを仏壇に供え、手を合わせた。炬燵に戻ると、お熊がだみ声を響かせた。

「清香様は本当にいい方ですね。旦那様のこと心配なさっていましたよ。法要の時、少しお痩せになったように見えました、って」

「あの時は食欲が落ちていたからな。でもすっかり戻ってしまったようだ」

お腹を撫でて、隼人は苦笑する。お熊は隼人を眺めた。

「御新造様のことが心残りでも、旦那様はまだ三十二でいらっしゃいます。三回忌も終わったことですし、そろそろ次のお相手のことを考えてもいいと思いますがね」

隼人は黙ってお茶を啜る。清香の気持ちに、隼人も薄らと気づいている。清香も隼人に思いを寄せる美女の一人なのだ。

何も答えぬ隼人を、お熊は軽く睨めた。

「ぐずぐずしていなさると、清香様、ほかの誰かに奪われてしまうかもしれませんよ。出戻りといっても、あんなに綺麗で聡明な女を、男の人たちが放っておくはずありませんもの。……ま、婆さんのお節介でしょうがね」

「よく分かってるじゃねえか」

「憎まれ口ですねえ、相変わらず」

お熊は肩を竦めて、部屋を出ていった。

——ようやく静かになったぜ。

息をつき、隼人は仏壇に目をやる。織江だけでなく、ふと母親の志保のことも思い出した。

隼人の二親は、家督を譲った後は隠居し、日暮里の百姓から譲り受けた一軒家でのんびり暮らしていた。三年前に父親の隼一郎が亡くなった時に、隼人は母親に戻ってくるよう告げたのだが、志保は気丈に答えた。

——私はまだまだ元気です。足腰がしっかりしているうちは、あちらで過ごさせてください。

志保は広い一軒家と、日暮里の風景をいたく気に入っており、八丁堀の役宅へ戻る気はさらさらないようだった。

そして二年前に織江が亡くなった時、隼人は志保に再び訊ねた。そろそろ一緒に暮らしたほうがいいのでは、と。だが志保の返事は、こうだった。

——もう暫くは日暮しの里で、畑で野菜を作ったり、犬や猫や鶏たちの世話をしながら、暮らしていたいのです。

志保は志保で、隼人に静かに自分を見つめる時間を与えたかったのかもしれない。

それにまったくの一人暮らしという訳ではなく、下女がついているので、不自由はないのだ。隼人は母親を気に懸けながらも、暫くは好きなようにさせてあげたく思っていた。

——健やかなうちは、望みどおりにさせてあげたほうがよいだろう。下手に束縛すると、却って呆けてしまうかもしれねえからな。

とはいえ、志保は一月に一度は必ず隼人の顔を見にきて、その時は役宅に泊まっていく。隼人も半月に一度は日暮里の一軒家を訪ねて、志保の様子を窺っていた。

この適度に距離のある母子の関係が、功を奏しているのか、齢六十近くというのに志保は若々しく健やかだった。

隼人はおもむろに立ち上がると、再び仏壇の前にいき、線香を灯した。白い煙がくゆり始める。今日は神無月の十八日、明日は織江の命日だ。それゆえに清香も菓子折りを届けにきたのだろう。

神無月の二十日は、恵比寿講の日だ。恵比寿神に商売繁盛を祈願する商家の祭りで、その前日の十九日には恵比寿講に必要な道具や食べ物を売る市が立った。大伝馬町で開かれる夷講市が名高く、隼人もそこで売られるべったら漬けには目がなかった。杉造やお熊が作るものとは、やはり一味違うのだ。

そして織江は、その夷講市に出向いた折に、殺められてしまった。

二年前の十九日の朝のことを、隼人はよく覚えている。織江は顔色があまりよくなかったので、隼人は言ったのだ。今年は夷講市には行かなくていいぞ、と。

しかし織江は、隼人が出仕した後、出かけてしまった。隼人の好物のべったら漬けを買うために。その頃、お熊が腰を痛めて静養していたので、もう一人、お連という若い下女を雇い入れていた。そのお連を供にして織江は、まずは浅草に赴いて、一年前に没した義父の墓参りをしてから、大伝馬町の夷講市へと向かった。

多くの人で賑わう市で、お連がちょっと目を離した隙に、織江の姿が人波に見えなくなってしまった。お連は織江の名前を呼びながら探し回ったが見つからず、見廻りをしていた役人に事情を話し、騒ぎとなった。

そして、見つかった時には、織江は命を喪っていた。背中を刃物で突かれていたのだ。

織江が殺められたと知った時の、全身の血が引いていくような感覚を、隼人は今でも忘れはしない。隼人は薄々察した。恐らく下手人は、以前から織江の行動を知っていた者なのだろう、と。織江はほとんど役宅にいて、あまり方々に出かけなかった。その織江が毎年必ず家を空ける日を知っていて、そこを狙ったのだろう、と。

お連は酷く落ち込み、責任を感じたのだろう、暇を申し出た。隼人も引き留めることはなかった。

もしやお連が悪党と通じていて手引きしたのではと、隼人も疑わないこともなかった。だが、色々調べてはみたものの、お連にそのような不審な点は見出せなかった。お連に訊いてみたいと思っても、真相を知る術は、もうない。お連も一年前、ちょうど織江の一周忌を迎える頃に、病死してしまったからだ。

——お連が関わっていたかどうか、そんなことが明らかになったって、織江はもう帰ってこないのだ。

そのような思いが、隼人をいっそう虚しくさせる。

このことがあってから、隼人はいまだに、大好物だったべったら漬けを食べられずにいる。自分のために買いにいってくれた結果、織江は命を落とすことになってしまったからだ。そう思うと、隼人はべったら漬けを食べることはおろか、見るのも辛かった。

子供の頃から好き嫌いなく何でも食べていた隼人が、唯一口にできなくなってしまったのは、かつての大好物のべったら漬けだった。

三

次の日、隼人は朝早く出仕して、殺された小野について調べた。小野は烏山藩の勘定方で、江戸定府（じょうふ）の藩士だったと分かった。

甚内についても調べてみると、こちらも三年前まで烏山藩の勘定方にいたことが分かった。

――どちらも同じ藩で、同じ役職に就いていたというのか。

不審に思いつつ、甚内がどうして藩籍を抜かれるに至ったかを調べてみたが、こちらはなかなか分からない。

溜息をついていると、鳴海も出仕してきた。隼人は鳴海に、昨日の探索で知り得たことを報せた。

「それで、浪人者の甚内について探っているのですが、どうして藩籍を抜かれるに至ったかが分からないのです」

するると鳴海は、口の中で甚内の名を繰り返し呟きながら、腕を組んだ。

「ああ、甚内恒造か。覚えておるぞ、甚内を捕らえる時、俺が出張ったのだ」

「ええ、そうだったのですか」

隼人は瞠目した。

「うむ。甚内は江戸勤番の時に、夜の町で酷く酔っ払い、言うことを聞かなかった芸者に腹を立てて、手討ちにしてしまったんだ。その時、幇間にも斬りつけたが、幇間のほうは一命を取り留めた。だが、斬られた腕がよく動かなくなってしまったという話だったな」

甚内はその罪で、内々に処分されたようだ。

藩士が江戸で事件を起こした場合、奉行所の者が捕らえても、藩に引き渡す。藩士は藩で処罰されるのだ。そして鳴海が、藩に甚内を引き渡したのだった。

鳴海の話を聞きながら、隼人は察した。

――もしやその時、芸者を斬ったのは、実は別の者だったのだろうか。そして甚内は、その者の罪を被ったのか。

深川で起きた事件だったというので、隼人は斬られた芸者がいた芸者置屋を訪ねてみることにした。

だがその前に、隼人は、浅草は山之宿町へと向かった。なにやら慌ただしくなってきたので、盛田屋寅之助に頭を下げ、彼の子分とともに、鴻巣の夫婦のもとへ向かってもらおうと思ったのだ。

隼人が暖簾を分けて入ると、威勢のよい若い衆たちに声を揃えて迎えられ、中に通された。

寅之助は内証で、長火鉢にあたって、煙管（キセル）を吹かしていた。隼人の姿を見ると、寅之助は猫板に置いた灰吹きに吸殻を落とし、姿勢を正した。

「これは旦那、ようこそお越しくださいました。……この前はお恥ずかしい姿を見せちまいまして、すみませんでした」

寅之助は強面の顔を、照れたように顰（しか）めた。女房のお貞は、今日は出かけているようだ。

隼人は寅之助の前に座り、頭を下げた。

「親分、折り入って頼みがあるんだが」

訳を話し、鴻巣へ飛んでほしい旨を告げる。

「今からでは着くのが夜中になっちまうので、明日発ってほしいんだ。忙しいところ、かたじけねえ。お願いできねえか」

寅之助は胸を叩いた。

「かしこまりやした。なに、旦那のお手伝いができて光栄です。明日の朝一で、子分を連れて行ってめえりやす」

寅之助は六十近いというのに背筋が真っすぐ伸び、ずっと年下の隼人よりも精悍に見える。隼人は再び頭を下げた。

「親分、恩に着るぜ」

「よしてくださいよ、旦那」

笑みを浮かべる寅之助は、目尻に刻まれた皺にさえ味がある。隼人は寅之助を頼もしげに眺めた。

隼人は持参した似面絵も差し出した。新たに行方が分からなくなった、四人の娘の似面絵だ。

「すまねえが、こちらもお願いしてえんだ。手すきの時で構わねえんで、親分とこの若い衆たちにこれを持たせて、探ってみてほしい」

寅之助は顔を引き締めた。

「分かりました、旦那。早速、若い衆たちに探させます」

「引き続き、岡場所なども当たってみてほしい。だが、お初がそのようなところにいる気配はねえんだよな」

「はい。深川、谷中、根津、音羽をはじめ四宿の食売旅籠まで虱潰しに当たってみましたが、遊女屋にはいねえようです。しかし、これらの娘たちはもしやいるかもしれやせんので、もう一度探りを入れてみます」

「ありがてえ。頼んだぜ、親分」

隼人と寅之助は頷き合った。


隼人はその足で、今度は米沢町に住む坂松堂彩光を訪ねた。坂松堂は妖し絵を描かせたら右に出る者がいないという人気絵師で、奔放な暮らしぶりだが、その腕は確かだった。隼人は坂松堂にも頭を下げた。

「ひとつ、先生にまた出張っていただきてえんだ。忙しいとは分かっているが、頼まれてもらえねえだろうか」

正午近いというのに坂松堂は寝惚け眼で、首筋をぽりぽりと掻いた。

「だから旦那、その先生ってのはやめてくださいって。痒くなってきますぜ。……まあ、旦那が俺を先生と呼ぶのは、何か頼み事がある時だってのは、分かってますがね」

相変わらずの憎まれ口に、隼人は苦笑する。

坂松堂は胸板が厚くなかなかの男前なので、隼人に負けず劣らず、女たちからの人気は高い。隼人より五つ下の坂松堂は生意気なところもあるが、隼人は高飛車には出られなかった。里緒と知り合うきっかけとなった事件を解決した時、坂松堂に大きな借りを作ったからだ。

坂松堂には、人を一目見ただけで特徴をよく摑んだそっくりの似面絵を描き上げるという能力があり、そこを見込んで力添えしてもらったのだった。

隼人が思うに、本人を見ずとも証言をもとに想像力を働かせて似面絵を描くのは蓬鶴が長けており、ぱっと一目見て一瞬にして瓜二つの似面絵を描くのは坂松堂が長けているのだ。

その坂松堂の皮肉めいた口ぶりに、隼人は頭を搔いた。

「いやいや、さすがは先生、見抜いておられるな」

「だから、やめてくださいって。……で、今回は誰の似面絵を描けばいいんですかい」

坂松堂は大きな欠伸をして、にやりと笑った。

隼人は坂松堂と一緒に千住宿へ再び赴き、小塚原町の外れの長屋に連れていって、甚内をこっそり覗かせた。坂松堂は左眉をちょっと吊り上げながら素早く似面絵を描き上げ、隼人に渡した。

「恐れ入るなあ。本当にそっくりだ。よく描けるものだな、それもこれほど速く」

「まあ、どんな奴にでも何か一つぐらいは得手なものがあるってことで。……じゃあ、俺はこれで」

さっさと去ろうとする坂松堂に、隼人は慌てて声をかけた。

「先生もつれねえお人だなあ。何か馳走でもさせてくれよ」

「だって旦那、お忙しいんでしょう。これからその似面絵を持って、あちこち探索するんじゃねえんですかい？　まあ、頑張ってくださいよ。俺はここの馴染みの女のところに行って、酒食らいながら絵を描きたいんでね」

「なに、千住宿にも馴染みの女がいるのか」

隼人は瞠目する。

「まあね。では旦那もお元気で。またいつか会いましょうや」

「おい、待てって。じゃあ、その呑み代をこっちで持つぜ。いつも力添えしてもらって何もお返ししねえんじゃ、俺の名が廃るじゃねえか」

「だから、俺に対してはお気遣いなくってことで。なに、似面絵なんていつでも描いて差し上げますよ。呑み代はいつもその女が喜んで立て替えてくれて、結局俺に催促もこなくてチャラになるんでね。大丈夫っす」

坂松堂は、紐を通して首にぶら提げた呼子笛を口に銜え、それをぴいぴい鳴らしながら去っていく。その後姿を眺めながら、隼人は呆気に取られていた。

――あいつ、まだ女に笛を吹かせているのだろうか。……しかし、日も高いうちから女と遊んで酒盛りとは、相変わらず太々しい男じゃねえか。

小さくなっていく坂松堂の姿と、瓜二つの出来の似面絵を交互に見ながら、隼人は眉を掻いた。

隼人は千住を離れ、甚内の似面絵を持って深川に向かった。隅田川を猪牙舟で下っていく途中にある向島には名所が多い。三囲稲荷、新梅屋敷などだ。桜餅で名高い長命寺もこの辺りにある。紅葉が綾なす景色を、隼人はひたすら眺めていた。

――忙しい日々にも、こういう時は必要だな。

川に浮かんだ鴛鴦（おしどり）が、銀杏羽（いちょうば）で軽やかに水面を打っている。紅色の嘴（くちばし）の愛らしさに、隼人は目を細めた。

隼人を乗せた舟は吾妻橋、上ノ橋（うえのはし）を通り、仙台堀（せんだい）に入っていく。深川は掘割や川が巡らされた町だ。

甚内に斬られた芸者の紅千代（べにちよ）は、永堀町（ながほりちょう）の置屋〈深乃井（ふかのい）〉にいたというので、隼人はそこを訪ねた。深乃井の女将の話によると、その事件の時、紅千代のほかに幇間と、三味線を弾いていた芸者もいたとのことだ。その市駒（いちこま）という芸者にも、隼人は話を聞いてみた。

すると、このようなことが分かった。

事件の時、藩士は三人いたという。市駒は紅千代が斬られた時、叫び声を上げて、気を失ってしまったそうだ。

「そのお侍様が烈火の如くお怒りになったので、もしや私も斬られるのではないかと思って、恐怖のあまり……」

その時のことを思い出したのだろう、市駒はすっと青褪（あおざ）めた。

「斬った侍は、この男だったか」

隼人は、坂松堂に描いてもらった甚内の似面絵を見せた。市駒はそれをじっくり眺め、首を傾げた。

「いえ……この人ではなかったような気がします。もっとお若かったと思うのですが。この人だったのですか、捕まったのは？」

「その当時、いくつぐらいに見えた」

「二十歳（はたち）になるかならないかぐらいとお見受けしましたが」

隼人は腕を組み、考えを巡らせた。

――斬った侍は、もっと若かったのか。では甚内は、上役の息子の尻ぬぐいでもしたのだろうか。大切な息子を庇（かば）ってくれたのであれば、食うに困らぬほどの面倒を見ることぐらいはするだろう。

隼人は推測する。

――甚内が浪人者になった経緯は薄々摑めたが、では今回はなにゆえに、勘定方の藩士を狙ったのだろうか。甚内はいまだに烏山藩の、以前に庇ってやった上役親子と繫がりがあるに違いない。その者たちが江戸藩邸で行っている何かの悪巧みを、小野が摑んでしまったのではなかろうか。そして小野はそれを直訴しに、国元の藩主のもとへと向かった。悪党どもはそれに気づき、阻止するため、甚内に頼んで殺らせたのではないか。その悪党が甚内の元上役であれば、勘定方だろう。勘定頭ぐらいになっているだろうか。……小野が摑んだ悪事とは、いったい、どのようなことだったのだろう。

隼人は市駒と女将に礼を述べ、置屋を去った。

烏山藩の上屋敷は浅草寺町の三味線堀近くにあるが、下屋敷は本所深川の十万坪の近くにある。隼人は気になり、下屋敷にまで足を延ばし、その近辺を探ってみることにした。

その前に空腹を満たそうと、隼人は扇橋町の一膳飯屋に入った。

――深川に来たからには、やはりこれを食わなければな。

浅蜊たっぷりの深川飯を注文し、隼人は店を眺めた。一膳飯屋とはいうものの、夜には酒も出す居酒屋になるようだ。ちょうどほかにお客もいないので、主人がお茶を運んできた時に、隼人はさりげなく烏山藩の下屋敷について訊ねてみた。するとあるじはこのようなことを教えてくれた。

「あそこの下屋敷では、たまに賭場が開かれてますよ。野州や上州の博徒たちも訪れて賑わっていますねえ。その博徒たちが、うちにもよく食べにきてくれるんですよ」

「ほう。野州だけでなく、上州の博徒もやってくるのか」

「ええ。野州にも上州にも博徒が多いようですからね。隣り合っている国ですし、行き来があるのではないでしょうか」

「まあ、そうかもな」

隼人は主人に、甚内の似面絵を見せて訊ねてみた。

「この男を見たことはあるかい」

主人は似面絵をじっと眺め、答えた。

「ああ、この人も確か賭場にたまに訪れていると思いますよ。博徒たちと一緒に、うちに食べにきたことがありますから。そうそう、この絵のように、総髪で無精髭を伸ばしてるんです。大柄でね、目の下に傷もあって」

「そうか……」

甚内は下屋敷に出入りするほど、烏山藩といまだに繋がりがあるようだ。

隼人は深川飯の注文の後、店に張ってある品書きに目を留めた。

「この寒い時季に、茄子(なす)と瓜の煮びたし、なんてのがあるのかい」

「はい。近くの砂村新田(すなむらしんでん)では、季節を問わず野菜作りが盛んなんですよ。茄子や瓜をはじめ、隠元(いんげん)だって寒い時季に採れるのです。早採り野菜と呼ばれています。博徒たちは、江戸の早採り野菜をつまみながら、酒を呑むのがお好きなようですよ」

「なるほど。砂村新田か。じゃあ、その茄子と瓜の煮びたしも一つ頼むぜ」

「はい、ありがとうございます」

主人は丁寧に礼をし、下がった。

砂村新田は肥沃(ひよく)な低湿地であり、江戸府内の塵(ごみ)捨て場として指定されて以来、積もった塵が腐植土となって野菜の生育に適した土地になったと考えられていた。水運の便がよいために、江戸府内の下肥(しもごえ)も集められている。日当たりがよく、気温が高めで、肥料も豊富な砂村新田は、野菜生産の条件に恵まれているのだ。

早採り野菜は、三方を筵(むしろ)で囲んだ中に、藁(わら)で温床を作り、この上を油障子(あぶらしょうじ)で覆って、炭火などで加熱して栽培する。初めは将軍家に献上されるほど珍重されていたが、今では町人にも届くようになっていた。

料理が運ばれてきたので、隼人は早速深川飯に箸をつけた。ざっくりと切った葱と浅蜊を味噌で煮込んで、ご飯にかけたものだ。それに刻み海苔がちらしてある。湯気の立つ深川飯は、そのコクのある匂いもまた食欲を誘った。

碗を持ち、飯を掻っ込む。浅蜊の旨みがたっぷりと溶け出た汁を吸った飯は、隼人を恍惚(こうこつ)とさせた。

隼人は、早採りの茄子と瓜で作った煮びたしにも箸をつけた。爽やかでさっぱりとした味わいが、口直しにはちょうどよい。添えられていた瓜の漬物も、深川飯の旨みをいっそう引き立ててくれた。

――深川を探ってよかったぜ。そして……深川飯にもありつけた。芸者を手討ちにした事件の真相も薄々読めたしな。

甚内のことも摑めてきた。

ご飯と一緒に汁をずずっと啜ると、寒さも吹き飛ぶようだった。

斬り殺された小野の妻に、隼人は話を聞いてみたかった。だが藩邸内の長屋に住んでいるので、思うようには接近できない。

奉行所に戻ると、鳴海が教えてくれた。小野の遺体は烏山藩に引き取られることになったが、辻斬りの仕業と見做し、藩としてはこれ以上追及しない方針のようである、と。

――やはりこれは何かある。

隼人は顎をさすりつつ、眉根を寄せた。

四

雪月花では、里緒はお幾に目を光らせていた。娘たちの行方知れずに、もしやお幾が関わっているのではないかとの疑念を抱いたからだ。

お幾が雪月花に宿泊するようになったのは、およそ一月前からだ。そして、その間に泊まった娘たちが三人消え、お初までいなくなってしまった。お幾が四人をそそのかし、どこかへ導いたとも考えられる。

お初が消えて六日目。里緒は注意しているものの、お幾は昨日から部屋に閉じ籠ったきりで、動きを見せようとはしなかった。

帳場にお茶を運んできたお栄が、里緒に告げた。

「お幾さん、こんなことを仰ってました。二十九日に出ていくので、それまで置いてください、お願いします、って」

「二十九日って、はっきり仰ったの」

今日は神無月の二十日だ。

「ええ。なんでも仕事がようやく見つかったとかで、二十九日から働き始めるそうです。やたらその日を気に懸けているようでした。二十九日って、繰り返していましたから」

里緒はふと思った。

――三日前、私が尾けていこうとした時、お幾さんが向かった先は口入屋だったのかしら。

すると吾平が口を挟んだ。

「でも二十九日から働き始めるというのもなあ。それならば、きりのいい来月一日から雇うんじゃないかと思うがねえ」

里緒は頷きつつ、顎に指を当てた。

「お栄さん。お幾さんは、どのようなお仕事を見つけたと仰ってましたか」

「料亭の仲居とのことです」

三人は顔を見合わせ、首を傾げる。里緒は吾平とお栄に告げた。

「もしかしたら二十九日に何かあるかもしれないから、とにかく、お幾さんに注意していましょう。なるべく目を離さないでね。私も気をつけますから」

吾平とお栄は顔を引き締めて、頷く。お栄は立ち上がろうとして、また首を傾げた。

「そういえば……お竹さん、どこへいったのでしょう。さっきから姿が見えないのですが」

里緒と吾平は目を合わせた。確かに二人とも、九つ(正午)を過ぎた頃からお竹を見ていない。先ほど浅草寺の鐘が鳴り、今は七つを過ぎたところだ。里緒は吾平に訊ねた。

「お竹さん、何か用があって出かけたのではないの」

「いえ、そんな話は聞いてません。お栄、お前、何か聞いているか」

「いいえ、私も何も聞いてません。てっきり、お二人はご存じかと思ってました。……お竹さんまで、いったいどこへ行ってしまったのでしょう」

里緒は青褪め、言葉を失う。吾平が顔を顰めた。

「こんな時に、何をやっているんだか。あいつはもういい歳ですから、勾引(かどわ)かされるなんてことはありませんよ。どこかで油を売ってるんでしょう、帰ってきたら雷を落としてやりますよ」

お栄は少し考え、口にした。

「もしかしたら、お初ちゃんを探しにいってるのではないでしょうか」

「ああ、それはあり得るかもしれねえな。それなら話は別だ」

吾平は納得するも、里緒は胸を手で押さえた。

「でも……もしやお初さんをどこかで見つけ出したはいいものの、お竹さんまで囚われてしまったとしたら」

あり得ないことではないので、吾平とお栄も顔色を変える。吾平が立ち上がった。

「ちょっと探しにいってきます」

急いで玄関へ向かう吾平の後を、里緒とお栄が追う。吾平が格子戸を開けようとしたところ……お竹がしれっと戻ってきた。

「遅くなりました。あら、吾平さん、今からお出かけですか」

呆気に取られる三人の前で、お竹は悪びれることもない。吾平は拳を握った。

「この莫迦っ」

雪月花の入口で雷が落ちても、お竹はきょとんとするばかりだった。

お竹は帳場で、里緒と吾平に頭を下げた。

「無断で長い刻留守にして、ご心配おかけしてしまい、すみませんでした」

里緒は溜息をついた。

「それでいったい、どこで何をしていたの」

お竹は頭を上げ、二人を交互に眺めながら、バツの悪そうな顔をした。

「どうしても気になりましてね。探っていたんです、あの青江妖薫とかいう占い師を」

「占い処の周りで聞き込みでもしたの」

「ええ、初めはそのつもりだったのですが、占い処へ行ってみましたら、見張っている亀吉さんがまさに乗り込もうとしていたんですよ」

「亀吉が？　何か摑んだのだろうか」

吾平が口を挟む。お竹は頷いた。

「なんでも新たに行方知れずになった四人の娘さんたちの一人が、妖薫の占い処に通っていたことが分かったんですって。うちに泊まっていた三人ではなく、あとの一人だそうです。深川の干鰯問屋のお嬢さんのお常さん」

「まあ、そうだったの」

「亀吉さん、乗り込んで話を聞いてやるって、鼻息が荒くってね。だから私、止めたんですよ。そんな風にかっかして向かっていっても、知らぬ存ぜぬで白を切ってしまうのがオチでしょう、って。それに岡っ引きが乗り込んでいって、下手に刺激してしまったら、本当に下手人だった場合に何をするか分からないでしょう、って。そしたら亀吉さん、納得してくれましてね。そこで代わりに私が様子を窺うことになったんですよ。占いを視てもらうふりをしてね」

「なるほど。そういう訳だったのね」

「それで何か分かったのか。妖薫ってのは、どんな奴だった」

そこへお栄がお茶を運んできたので、それを一口啜って、お竹は息をついた。

「私、妖薫にちょっと鎌をかけてやろうと思ったんですよ。それで、こう切り出しました。私の知り合いの娘さんが、こちらに通っていると聞きました、お常さんというのですが、と。でも行方知れずになっているとは言いませんでした。警戒されると不味いと思ったのでね。お常さんのことを話しても、妖薫の答えは曖昧でした。『ああ、覚えているような、いないような』と。こうも言ってました。『わたくしもお客様が多いので、何度かいらしたぐらいではよく覚えていないこともあるのですよ』と。……妖薫って見た目も色白の優男ですが、なんだか言葉遣いもやけに女っぽくてねえ。私にまで色目を使ってきて、ぞくっとしましたよ」

すると吾平が鼻で笑った。

「ふん。そんなのお前の勘違いだろうよ」

「あら失礼しました」

お竹は澄ました顔で、お茶をまた一口啜った。

「まあ、そんな訳で妖薫はお常さんについてははっきり答えませんでしたが、こう訊ねてきたんです。『で、そのお嬢さんが何か』って。それで私が『いえ、ちょっと家に帰ってきてないようなので気になりまして』と柔らかく返しましたら、『まあ、断りもなく、よそに泊まっていらっしゃるの？　近頃のお嬢さんって乱れていますわねえ』なんて言って含み笑いをするんですよ」

お竹が妖薫の声色(こわいろ)を真似すると、なんとも妙な可笑しさが漂い、里緒は複雑な気分になる。吾平は忌々(いまいま)しげに顔を顰めた。

「気持ちの悪(わり)い奴だな。どこがいいんだ、そんな野郎の」

「趣味は人それぞれですからね、そういう女っぽい男が好きな女もいるんでしょう。占い処がまた凝ってましてね。窓がないので昼間でも薄暗いんですが、蠟燭を何本も灯しているんです。絵蠟燭などの高価なものを。あれも女たちに貢がせているのかもしれませんねえ。もしくは女たちから巻き上げた金子で買っているのか」

「けっ、聞けば聞くほど胸糞の悪くなる奴だぜ」

　吾平は苦虫を嚙み潰したような顔だ。お竹は後れ毛を整えつつ、続けた。

「まあ、それはいいとして、妖薫と話していてふと思いつきまして、あることを占ってもらったんですよ」

「何を占ってもらったの」

　里緒は大きな目を瞬かせる。

「お常さんは無事なのか、そして今どこにいるか、ですよ。どうせ出鱈目を言うに違いないとは思いましたが、あの胡散臭い占い師が、なんて答えるか聞いてみたかったんです」

「それでなんて占ったんだ、妖薫は」

　吾平も身を乗り出す。お竹は湯呑みで手を温めながら、答えた。

「妖薫は水晶玉に手を翳しながら占いましてね、その結果はこうでした。『お常さんは無事ですよ。でも、油断は禁物ですね。可愛らしい方ですから、目をつけられやすいと思います。近々、怖い目に遭うかもしれません。ほかにも同じ歳ぐらいの娘さんたちが何人か視えるのですが、そのお常さんにだけ黒い靄のようなものがかかっているのです』って」

「怖い目に遭う……って、どういうことかしら」

里緒は不安げに眉を顰める。吾平は少し驚いたようだった。

「妖薫には、本当にそれが視えたんだろうか。それとも娘たちが行方知れずになっている事件を知っていて、そのように答えたんだろうか。それともまったくの出任せで言ったのか、あるいは自分が下手人だから知っているのか、どうなんだろう」

お竹は首を捻った。

「どうなんでしょうねえ。まあ、騒ぎになりましたから、知っていたのかもしれませんね。自分が関わっていたら、知っていて当然でしょうし。でも、下手人ならば普通は正直なことは言いませんよね」

「それで妖薫は、お常さんが今いる場所はどこと言っていたの」

里緒が訊ねると、お竹はふと口を噤み、目を伏せた。

「ええ……それが気になりましてねえ。妖薫が言うに、『場所がどこかははっきりとは分かりませんが、娘さんたちの近くに人形があります。とても豪華な人形。ああ、雛人形のようですね』って」

里緒と吾平は顔を見合わせる。吾平が声を荒らげた。

「豪華な雛人形があるところに、消えた娘たちはいるってことなのか」

お竹は首を傾げた。

「まあ、妖薫が占ったことだから、本当かどうか分かりませんがね。……でも、雛人形などと言われると、やはり気になってしまいますよ」

「でも……妖薫の言葉を鵜呑みにはできないと思うの」

里緒は胸を手で押さえる。吾平が落ち着かせるように言った。

「女将、大丈夫です。鴻巣の夫婦のもとへは、今朝、盛田屋の親分さんが子分の磯六と一緒に向かいました。もし何かあったら、すぐに報せが入るでしょう」

「親分さんに任せておけば、安心ですよ」

お竹は里緒の膝にそっと手を置く。吾平は腕を組んだ。

「問題は、妖薫自身が事件に関わっているか否かだ。お常って娘が占い処に行っていたのは偶然なのか。妖薫がお竹に告げた、占いで視えたもの。それは、口から出任せだったのか、本当に視えたのか……あるいは探索を混乱させるために、何か考えがあってわざとそのようなことを言ったのか」

「わざと言ったのなら、妖薫自身も事件に関わっているということですよね。疑いが自分に向かないよう、小細工したのかも」

二人の話を聞きながら、里緒は溜息をついた。

「色々考えられるわね。でも肝心なのは……ねえ、お竹さんから見て、妖薫はお初さんが好きになるような男でした？」

お竹は首を振った。

「それはないでしょうね。お初はああいう男には靡かないですよ。あの娘は金太郎みたいな男の人が好き、っていつか言ってましたからね。妖薫がどこかでお初に目をつけて近寄っていったとしても、あの娘なら叫び声を上げて逃げると思います」

「そう……それならばいいわ。少し安心しました」

里緒は安堵した。お竹は妖薫を思い出し、顔を顰めて肩を竦めた。

「本当に厭らしい男でね。『手相を見てあげましょう』なんて言いながら、こう、私の手を握ったりしてね」

「もう、よせ。そんな気味の悪い話は聞きたくねえ。……お竹、手をよく洗っておけよ」

吾平が仏頂面で吐き捨てる。お竹は左の掌を眺めた後、膝小僧に当てて擦って拭った。

そうこうしているうちに、夕焼けが広がり始める。里緒が外に出て軒行灯に火を灯そうとしていると、蠟燭問屋の丁稚の純太が現れた。里緒は純太に微笑んだ。

「あら、この間はどうも。お仕事お疲れさま。ちょっと待っててね、お詫びのお菓子、持ってくるから」

中に入ろうとする里緒を、純太は呼び止めた。

「あの……お菓子をもらいに来たのではありません。行方が分からなくなっている人のことで、お伝えにきました」

里緒は真顔で、純太の小さな肩を摑んだ。

「それは本当？　どういうことかしら」

純太は頷き、話し始めた。

「今日の午前(ひるまえ)から盛田屋の男衆(おとこし)さんたちが、新たにいなくなってしまった四人の娘さんたちの似面絵をこの辺りにも配っていました。これらの娘をどこかで見かけたら報せるように、と。それで私も目にしたのですが、その中の一人の、操さんという人に心当たりがあったのです。といっても、一度、少し話をしただけですが」

操とは雪月花に泊まっていた、原宿村の百姓の娘だ。里緒は目を見開き、純太の肩を摑む手に力を籠めた。

「いつ、どのような話をしたの。教えてくれる」

「はい。あれは六日前ぐらいだったでしょうか。操さんは、うちの店に蠟燭を買いにいらっしゃったのです」

六日前といえば十四日。確かその日に、操は雪月花を発ったのだ。里緒は真剣な顔で頷き、純太の話を促す。

「それで」

「買っていたところは見ていません。私はお使いに出ていたので。そして、ちょうど帰ってきた時、入口で、なにやら浮かれた様子で出てきた操さんとぶつかってしまったんです。女将さんの時と同じように」

「まあ……そうだったの」

純太は頷いた。

「私は転び、操さんは包みを落としてしまいました。中身は、桐箱に入った蠟燭だったので、操さんはとても怒りました。『もし割れていたら、あんたのせいだからね』と。激しく叱られたので、操さんのことを覚えていたのです」

「そんなことがあったのね」

里緒は不意に手を緩め、純太の頭を撫でた。そして推測する。

——蠟燭は確かに高価だわ。それも桐箱に詰められたものなら、なおさら。とても自分で使おうとしていたとは思えない。では……。

里緒は純太に訊ねた。

「操さんは、その蠟燭を誰かに贈ろうとしていたのかしらね」

「はい、そうだと思います。操さんが騒ぎ出したので、中から大番頭さんが出てきて取りなしてくださったのですが、包みを開けて確認したところ、蠟燭は無事でした。でも操さんの怒りは冷めずに、『大切な人への贈り物にするのだから、こういうことはないようにしてよね』と、ご機嫌が悪いままお帰りになりました」

「その蠟燭って、どのようなものだったか分かる？」

「たしか絵蠟燭だったと思います。花の絵が描かれた。会津(あいづ)から取り寄せている高価な品物なので、怒られたのは当然でしょう。割れてなくて、本当によかったです」

純太のいじらしさが伝わってきて、里緒はそっと肩を抱き寄せた。

「お話ししにきてくれて、本当にありがとう。探索の参考にさせてもらうわね。

……ちょっと待ってて。お菓子を持ってくるわ。お礼をさせてもらわなければね」

「あ、はい。ありがとうございます」

里緒は純太に微笑み、急いで中へ入り、お菓子の包みを持って戻ってきた。

「心ばかりのものだけれど。かりんとうとお煎餅よ」

里緒に包みを渡され、純太は顔をほころばせた。丸くて赤い頬っぺたが愛らしい。

「わあ、両方とも大好きです。ありがたくいただきます」

純太は繰り返し礼を言い、包みを抱えて帰っていった。

小さな背中に里緒が声をかけると、純太は振り返り、丁寧に頭を下げた。

「気をつけてね」

純太を見送ると、里緒は上がり框に置いた大きな行灯にも火を灯しながら、考えを巡らせた。

――操さんは蠟燭を買って、誰かに贈ろうとしていたのね。……お竹さんが言っていたわ。妖薫の占い処には、蠟燭が何本も灯っていたって。それも高価な絵蠟燭が。こうなると、ますます怪しいわね。

行灯の明かりに蠟燭を使うこともあるが、雪月花ではなるべく油を注いだ火皿(ひざら)を使っている。もちろん節約のためだ。灯火を見つめながら、里緒は心を揺らしていた。

五

その日の暁七つ（午前四時）に、盛田屋寅之助は手下の磯六を連れて、鴻巣へと飛んでいた。鴻巣は板橋宿から中山道を通って、六番目の宿場町だ。江戸から鴻巣までは十二里(り)八町(ちょう)六間(けん)（約四九キロ）、健脚な男でも半日以上はかかる。鴻巣に着いた頃には、既に薄暗くなりかけていた。

鴻巣は雛人形のほか、鷹匠(たかじょう)たちが鷹狩りの際に休息するために使う鴻巣御殿でも名高い。

鴻巣雛は、もともと鴻巣宿の加宿である上谷新田(うわやしんでん)で、百姓たちが農閑期に作っていたものだ。それが江戸周辺にも広がっていき、好評を得た。雛人形作りの始まりは諸説あるが、元和年間から寛永(かんえい)元年（一六一五～一六二四）頃と考えられている。

夕焼けが広がり、烏の啼き声が喧しい空の下、寅之助と磯六は、雪月花に泊まった夫婦を探ってみた。

すると鴻巣宿で人形問屋〈夕月屋〉を営んでいる佐助とお仙で間違いなく、雪月花の宿帳に記したことや話していたことに偽りはないようだった。

夕月屋は間口五間（約九メートル）ほどで、手堅く商いをしているといった雰囲気に満ちている。寅之助たちが入っていくと、番頭が恭しく礼をした。

「ご主人とお内儀さんはいるかい」

「あ、はい。どのようなご用件でしょう」

「江戸でちょっとあってね。話が聞きてえんだ」

寅之助が隼人から預かってきた十手をちらりと見せると、番頭は姿勢を正して再び礼をした。

「かしこまりました。少々お待ちいただけますでしょうか」

番頭は奥に行き、すぐに戻ってきて、寅之助たちを中へ通した。

日は暮れ、行灯が灯る内証で、寅之助と磯六は夫婦に向かい合った。

寅之助が、お初が行方知れずになったことを話すと、佐助とお仙の夫婦は酷く驚き、動揺した。

項垂れ、言葉を失ってしまった夫婦の前で、寅之助は出されたお茶を啜った。

「お前さんたちを疑う訳ではねえが、何か知っていないかと思って訪ねたんだよ。雪月花で、お初と懇意にしていたと聞いたからな」

「そんなことがあったのですか……。いったい、どうして」

佐助は押し殺した声を出し、唇を嚙み締める。お仙も小柄な躰を微かに震わせていた。

「お初ちゃん、無事だといいけれど」

夫婦はお初の身を案じつつ、娘を亡くしたことなどをぽつぽつと語った。

「娘は確かにお初ちゃんに似ていましたし、生きていればちょうど同じ歳ぐらいですからね。お初ちゃんを、それは可愛いと思いましたよ。正直、私たちの娘になってくれればいいのにとも思いました。でも、連れ去るなど、そんなことは決して……」

佐助は声を詰まらせる。その隣で、お仙はただ涙ぐんでいた。

寅之助は、仏壇に目をやった。供え物は欠かしていないようだ。部屋には線香の匂いが残っている。仏壇の横には、立派な雛人形が飾られていた。

「上巳の節句だけじゃなくて、いつも飾っているのかい」

「はい。……娘は雛人形が大好きだったのです」

「娘を弔う意味で飾っております」

「そうなのかい」

寅之助は再び雛人形に目をやった。

佐助とお仙には長い間子供ができず、お仙が三十になる手前でようやく授かった娘だったという。それゆえいっそう、愛しかったそうだ。だが娘は十三の頃に風邪に罹り、酷い高熱を出した。それをこじらせたのか、三年もの間、病で苦しむことになってしまった。

「この辺りの医者にも色々診てもらったのですが、どこに連れていっても治りませんでした。諦めかけていた時に、板橋宿によい医者がいると勧めてくれた者がいたのです」

夫婦に勧めたのは、長戸組という、上野国は桐生の機織り業の者だった。人形作りには衣裳が欠かせないが、鴻巣の辺りでは、桐生の機織り業の者がその衣裳の反物を請け負っているそうだ。

「それで板橋の道庵先生という医者に診てもらうことにしました。すると娘は少しずつ快復に向かったのですが、薬礼がたいへんで苦労しました」

「それほどかかったのかい」

「はい。道庵先生に、高麗人参を勧められましたので。高麗人参は産地が少ないうえに、採れる量も少ない希少なものなので、高価なのは仕方がありません。娘は、高麗人参のおかげで、確かに快復の兆しを見せたのです。……でも、それは一時だけで、また衰弱してしまいました。道庵先生は小石川養生所にも伝手があると伺いまして、養生所はお金もかからないとのことですし、そちらで治療してもらおうかとも考えていたのですが……娘はその前に亡くなってしまいました」

「そうか……残念だったな」

項垂れる夫婦に、寅之助たちも言葉少なになってしまう。

寅之助は直感した。

——この夫婦は悪いことができる者たちではないだろう。

家の中にも、お初が潜んでいる気配はない。

寅之助は夫婦に、話を聞かせてもらった礼を述べ、磯六とともに辞去した。

外に出ると、日はすっかり暮れていた。

寅之助と磯六は、夕月屋からさほど離れていない居酒屋に入り、小窓の近くに座った。そして夕月屋の様子を窺いながら、酒とつまみを味わった。つまみは、焼き椎茸と、春菊と油揚げの煮びたしだ。二人とも空腹だったので、焼きおにぎりも頼んだ。

寅之助は椎茸を嚙み締め、酒を啜って顔を少し顰めた。

「あの夫婦は、嘘は言ってなさそうだ。……とはいっても、夫婦への疑いがまったく消えた訳ではない。どこかにお初を隠しているかもしれねえからな」

「あり得なくはねえですね」

磯六は焼きおにぎりをむしゃむしゃ頰張りながら、頷く。

「板橋宿から鴻巣宿までの間に関所はねえから、お初をどうにかして騙して連れてくることができたかもしれねえ。だからよ、磯六、五日の間、あの夫婦を見張っていてくれねえか。動きがなかったら、江戸へ戻ってこい。何か動きがあったら飛脚を使って、すぐに報せてくれ」

「かしこまりやした、親分」

磯六は話しながらも焼きおにぎりを頰張り続ける。それを眺めながら、寅之助もおにぎりに手を伸ばした。

「あの夫婦は遅くに動きを見せることはねえだろうから、夜は旅籠でゆっくり寝めよ。朝は早くから気をつけておいたほうがいいだろう」

寅之助は宿賃のほか小遣いを、磯六に渡した。磯六は親分に頭を下げ、それを懐に仕舞った。

磯六は齢二十三。遊女屋で生まれ育ち、十五、六の頃は手の付けられない暴れ者で、山之宿の鼻つまみ者とまで言われていた。その磯六を預かったのが、寅之助だった。寅之助に一から性根を叩き直された磯六は、今では寅之助を本当の親のように慕い、忠実な子分として真面目な働きを見せている。

二人は茶漬けを追加してお腹を満たすと、居酒屋を出た。寅之助は楊枝をくわえながら、磯六に告げた。

「今日はもうこんな刻だから、鴻巣で泊まるぜ。磯六、空いてる旅籠を見つけて先に入っていてくれ。わっしはあの夫婦をもう少し見張ってから、後から入る」

「かしこまりやした」

磯六は一礼すると、速やかに旅籠を探しにいった。寅之助は居酒屋の陰に身を潜め、寒月に照らされながら、夕月屋の様子を窺っていた。

九つ（午前零時）近くになると、磯六が寅之助を迎えにきた。寅之助は懐手で寒さを凌いでいた。

「夫婦に何か動きはありやしたか」

「まだねえな。よし今夜はこれで引き上げるぜ」

寅之助は磯六に連れられ、旅籠へと向かった。鴻巣宿はなかなか大きく、旅籠も多く立ち並んでいる。磯六が見つけた旅籠は〈立花屋〉という平旅籠だった。

「食売旅籠にしなかったのかい」

寅之助は磯六を見やって、にやりと笑う。磯六は頭を掻いた。

「そんな元気はねえですよ。鴻巣まで歩くと、さすがにきやすね、足腰に」

「いい若えもんが、そんなんじゃ情けねえぜ」

寅之助は磯六の背を叩き、大きな声で笑いながら旅籠の中へ入っていった。

夜更けでも仲居が現れ、湯を張った桶で足を洗ってくれる。二階の部屋に通され、寅之助と磯六は炬燵に潜り込んだ。質素な宿でも、暖が取れるのはありがたい。

さすがに食事は出なかったが、江戸から持ってきた瓢箪徳利とスルメがあるので問題はない。スルメを齧って、どぶろくで一杯やれば、躰はますます温もった。

すると磯六がほくそ笑んで、油が滲んだ包みを取り出した。

「さっき、買っといたんです。薩摩芋の天麩羅、親分も如何ですかい」

寅之助は節くれ立った指で天麩羅を摘まみ、齧った。

「おっ、まだ湿気てねえでいい歯応えじゃねえか。いけるぜ、こりゃ」

「隣の桶川宿は薩摩芋の名産地らしいですぜ。それでこっちにも流れてきてるようです。甘みがあるのに、天麩羅の衣が芳ばしいからか、つまみにもなりやすよね」

「うむ。本直にも合いそうだなあ。帰ったら嬶に頼んで、芋の天麩羅を作ってもらうか。それで本直を一杯……堪らんぜ」

本直とは、焼酎に味醂を混ぜたものだ。

「芋の天麩羅に、本直って、きっと最高ですぜ。俺も帰ったら、それをやりやす」

「おう、それを楽しみに、ひと踏ん張りしようぜ」

「合点承知」

親分と子分、ぐい呑みを傾け合う。

「でも、鴻巣ってあまり名物料理はねえみたいですね」

「そういやそうだな。まあ、雛人形作りが盛んというのはよく分かったぜ。あの夫婦のところに飾ってあったのも豪華だったよな」

「人形に疎い俺が見ても、これまで見てきたものと違うなあと思いやした。人形の衣裳が立派なんですよ」

芋の天麩羅ですっかり酒が進み、取り留めのない話をする。二人はいつの間にか、炬燵に潜ったまま鼾をかいていた。

・

次の朝、寅之助は七つに鴻巣宿の平旅籠・立花屋を発った。あまり眠っていなくても、寅之助の背筋は伸び、足取りも速い。小雨が降っているので、合羽を纏い、笠を被っていた。

桶川宿、上尾宿、大宮宿、浦和宿、蕨宿と、雨に煙る富士山を眺めながら中山道をひたすら歩き、板橋宿に着いた時には、今日も夕暮れ刻になっていた。板橋宿は江戸四宿では最も規模が小さいが、それでも大いに賑わっている。

――さて、どうするか。今から急いで聞き込みをして八丁堀まで戻っても、山川の旦那にお報せするのは明日になるだろう。それに旦那は、いつまでに戻ってきてくれ、とは言わなかった。ならば少し留まって、この辺りをじっくり探ってみるか。

寅之助はそのように考えつつ、道庵の診療所へと向かった。一口に板橋宿といっても、平尾宿、仲宿、上宿の三つに分かれており、診療所は平尾宿にあるようだ。

平尾宿に着くと、寅之助は診療所の近くで聞き込みをした。

すると、道庵は信頼されてはいるものの、薬礼が高いという話を聞いた。近所の小間物屋の主人は言った。

「高麗人参が高いらしいですよ。まあ、効き目があるものなので仕方ないのかもしれませんけれどね」

「道庵先生ってのは、小石川養生所に伝手があるというのは本当なのかい」

養生所の医者は普通、寄合（よりあい）医者、小普請（こぶしん）医者から採用される。町医者の道庵に伝手があるというのは意外だった。

「詳しくは知りませんが、そのような話は聞きますね。なんでも数年前までは、養生所で人手が足りない時は、道庵先生が手伝いにいって患者の看病をしたりして、下男のような仕事をしていたようですよ。今も、養生所で働いている人がたまに道庵先生を訪ねたりしているそうです」

「それはどのような者だ。役人か、それとも医者か」

「そこまでは分かりませんねえ。すみません」

養生所には、役人は与力二人、同心十人、中間八人がいて、そのほかに医者が数人いる。下男の役割を果たしているのは、中間であった。

寅之助は小間物屋を離れ、次は饅頭が名物の茶屋で聞き込みをした。餡がぎっしり詰まったふわふわの饅頭に舌鼓を打ちながらそこの主人に訊ねてみると、主人は道庵と聞いて眉を顰めた。

「あの先生、この宿場の外れに、奉仕宿のようなものを作っているんですよ。身寄りのない年寄りたちを集めて、面倒を見ているんです」

「ほう。施しまでしているというのか。偉いじゃねえか」

「まあ、そうとも言えますけどね。でも、身寄りがないうえに呆けてしまっている年寄りたちからは、金を騙し取っているなんて噂も聞きますよ」

「ふむ……なるほどな。まあ、年寄り全員の面倒を見るのもたいへんだろうから、誰か雇っているに違いねえ。その雇人たちに払う給金にあてているのではねえか」

「そうなのでしょうか。時折、江戸から手伝いにきている者もいるようですが」

「養生所の者たちか」

「どうなんでしょう。そこまでは分かりませんねえ。女だという話ですが」

「女か」

寅之助は腕を組み、考えを巡らせるのだった。

——養生所の者たちは、ここまで手伝いにくるほど暇ではねえだろうしなあ。じゃあ、いったいどういう者なんだろう。

寅之助は板橋宿で泊まることにして、手頃な旅籠に入った。熱い湯を浴びて、部屋で炬燵に入って一息つく。

——ああ、なんだか眠くなっちまう。

寝転んでいると、仲居が夕餉を運んできた。

「お待たせいたしました。お酒もおつけしましたので、ごゆっくりどうぞ」

「おう、ありがとよ」

寅之助は起き上がり、目を擦って膳を見る。里芋や大根が入った煮込み饂飩が、湯気を立て、旨そうな匂いを放っていた。普通の饂飩と違うのは、麺が平らで幅が広いことだ。

「へえ、平麺(ひらめん)かい。珍しいな」

「おっきりこみ、というお料理です。召し上がってください」

「おっきりこみ、かい」

「はい。上州でよく食べられるんですよ。あちらでは饂飩粉がよく穫れますので、饂飩粉を使ったお料理が盛んなのです。ちなみにその平麺は、〝ひもかわ〟とも呼ばれます」

「上州の料理を、板橋宿でも出しているという訳か」

「はい。この宿場には、桐生の機織り業の人たちが、よくお泊まりになるのですよ。桐生織を、江戸や信州などに運んでいるみたいです。おっきりこみには味噌味のものもあるのですが、醬油造りが盛んな桐生は醬油味が主なので、うちも醬油味にしております」

機織り業と聞いて、寅之助は思い出した。鴻巣の夫婦に、道庵という医者を勧めたのは、確か桐生の機織り業の者だった、と。長戸組などと言っていた。

「そうなのか。中山道は江戸にも信州にも繋がっているからなあ。桐生はその中間ぐらいになるのか」

「そのようですね。……でも、うちでは、機織り業の人たちはあまり歓迎しておりませんが」

「それはどうしてだい」

「用心棒代わりなのでしょうか、柄が悪い者を連れていることがあるのです。桐生には博徒が多いので、そういった者たちなのかもしれません。それゆえ、泊まった旅籠で、密かに博打(ばくち)をしていることもあるんですよ」

仲居はどうやら話し好きのようだ。寅之助はこのような話も聞き出した。

「板橋宿には、道庵という名の知れたお医者がいるのですが、その医者も、機織り業の人たちとたまに一緒に遊んでいるみたいです。下野国の那須(なす)の温泉にも一緒にいく仲だそうです。機織り業の人たちは、下野国にも桐生織を運んで、よく行き来していますよ。あちらにも博徒が多いので、皆でつるんで遊んでいるのかもしれませんね」

上野の桐生や、下野の足利(あしかが)には確かに博徒が多い。機織りで金が集まって農村の景気にゆとりができると、そのような者たちがはびこるのだ。足利も桐生と同じく、昔から機織り業が盛んである。

「そうなのかい……」

寅之助はおっきりこみを啜り始めた。平たい麺には結構こしがあり、すいとんにも似た歯応えだ。汁はさっぱりとした味だが、とろみがあって躰が温まる。里芋と大根の穏やかな味わいは、この麺と汁によく合っていた。

寅之助は額に薄らと汗を滲ませて頰張りながら、考えを巡らせていた。

――機織り業の者たちと道庵は遊び仲間のようなもので、繫がっているのだな。

それで機織り業の者は、あの夫婦に道庵を紹介したという訳か。しかし話を聞くにつけ、なにやら怪しげだ。

道庵の奉仕宿のことや、道庵が養生所の者と繫がっていそうなことも、気懸かりだった。

仲居は付け加えた。

「皆様、深谷宿でもよく遊んでいらっしゃいますよ。あそこは遊女がひときわ多いですからね」

「なるほどな。桐生織を色々なところに運びながら、各地で遊んでいるって訳か……」

おっきりこみをぺろりと平らげ、寅之助は酒を啜って思案顔になった。

第三章　尼僧の教え

一

　四つ（午前十時）になり、里緒と吾平とお竹は、雪月花を発つお客たちを見送った。旅籠は普通、朝餉と夕餉しか出さないが、雪月花ではお客が発つ時には昼餉用の弁当を渡すことにしている。雪月花弁当と呼ばれ、すこぶる評判がよいのだ。ちなみに本日の品書きは、しめじの炊き込みご飯のおにぎり、蓮根と竹輪の鰹節煮、海老の黒胡麻団子、烏賊の白胡麻団子、蕪の漬物だ。

「お寛ぎいただけましたか」

「ああ、おかげさまでのんびりできたよ。紅葉の眺めも楽しめたしね」

　里緒から弁当を受け取り、常連客の栄次郎は笑みを浮かべた。栄次郎は、相模国は小田原で老舗の海鮮問屋〈峰屋〉を営んでいる。

「ありがとうございました。またのお越しをお待ちしております」

「ああ、必ず来るよ。……色々あるとは思うけれど、頑張っておくれ。女将、笑顔を忘れないようにな」

「はい。お気遣いのお言葉、痛み入ります」

里緒は深々と頭を下げる。栄次郎は吾平とお竹にも声をかけた。

「皆さん、躰に気をつけて。元気でいておくれ」

「はい。峰屋様もどうぞお元気で」

吾平とお竹が声を揃える。里緒たちに見送られ、栄次郎は笑顔で帰っていった。

里緒は息をつき、半纏の衿元を整えた。藍染の半纏の衿には雪月花の屋号が、背中には雪と月と花を組み合わせた屋号紋が染め抜かれている。お客を迎え入れる時と見送る時は、里緒は必ずこの半纏を羽織っていた。

発つお客の七人をすべて見送り、帳場に戻ると、吾平が言い難そうに告げた。

「今日、休憩の刻に寄合で使うことになっていた花川戸町の呉服問屋の皆さんたちですが、予約の取り消しが入りました。泊まる予定だった、麻布のお客さんもです。先ほど飛脚が、取り消す旨が書かれた手紙を運んできました」

「そう……。残念ね」

里緒は肩を落とした。行方知れずになった娘のうちの三人が、消える前に雪月花に泊まっていたということが噂となって流れているのだ。一連の勾引かし事件にもしや雪月花が関わっているかもしれないと懸念した者たちが、予約の取り消しをしているのだろう。

――お客様の立場になって考えてみれば、仕方がないことなのかもしれないわ。

使用人のお初まで消息が分からなくなっていることも噂となって、山之宿町の外にも広がり始めているようだ。このような状態であれば、雪月花がいわくつきの旅籠と思われても仕方があるまい。

里緒の顔色を窺いながら、お竹が口を挟んだ。

「まあ、ありがたいことに、うちを根強く支持してくださるお客様たちがいらっしゃいますからね。今のところはさほど影響はありませんよ」

「まあな。だが、この状態が続くと、さすがに厳しくなってくるだろう」

吾平は微かに眉根を寄せる。三人が言葉少なにお茶を啜っていると、お栄が慌てて飛び込んできた。

「お幾さんが出ていってしまったんです。ちょっと目を離した隙に、何も言わず、逃げるように」

里緒たちの顔色が変わる。吾平が声を荒らげた。

「どこから出ていったっていうんだ。裏口からか」

「たぶん……。でも、裏口から出るなら、板場に常にいる幸作さんは気づくと思うのですが」

「まだ遠くには行ってねえだろう。探してくる」

吾平は立ち上がり、急いで出ていく。里緒とお竹はお栄と一緒に、お幾が留まっていた部屋へと向かった。階段を上がりながら、お栄が首を傾げる。

「ついさっきまで本当にいたんですよ」

「厠にもいらっしゃらなかった？」

「はい。一応、隅から隅まで見てみたのですが、どこにもいませんでした」

「じゃあ、もしや二階の窓から思い切って飛び降りたのかもしれないわね。女将と吾平さんと私がお客様をお見送りしている隙に。お幾さんが泊まっていた部屋から飛び降りれば、ちょうど裏手に着地しますよ」

お竹が襖を開けると、確かにお幾の姿はなかった。部屋には、今日までの宿代がちゃんと置かれてある。お竹はそれを数え、里緒に告げた。

「少し多めに置いていったようです。ならば、奉行所に届けることもありませんかね。どうしましょう」

「そうね……その必要はないわ。変に騒いで事を大きくすれば、また噂となって流れてしまうでしょうし。雪月花は揉め事が起きる宿と、烙印を押されてしまうもの。山川様がいらっしゃった時に、お報せするぐらいでいいでしょう」

「でも、お幾さんって、やはりなにやら怪しげでしたよね。お初ちゃんたちの行方知れずに、本当に関わりはなかったのでしょうか」

お栄に訊ねられ、里緒は顎にそっと指を当てる。

「一連の行方知れずとお幾さんの関わりというのは、まだ推測の段階よ。いずれにせよ、勾引かしにお幾さんが関わっているとしても、一人でできることではないでしょうから、仲間がいるはずだわ」

「山川の旦那、お顔を見せてくれればいいのにねえ。こういう時に限って、姿を現さないんだから」

お竹は頬を膨らませた。

「山川様もお忙しいのよ。昨日、半太さんに差し入れを届けた時に、聞いたわ。藩士が斬られた事件で、探索に走り回っていらっしゃるそうよ」

「半太さんや亀吉さんも見張りで忙しくて、鴻巣には盛田屋の親分さんと子分さんが向かってくださったんですよね」

「そのようね。親分さんたちにはご足労をおかけしてしまったわ。お帰りになったら、うちでねぎらわせていただきましょう」

里緒、お竹、お栄は、女三人で頷き合う。部屋の床の間には、里緒が生けた竜胆の花が寂しげに揺れていた。

代金を置いていったところを見ると、お幾はそれほどの悪党ではないようにも思えるが、里緒はやはりどこか腑に落ちなかった。

――お幾さんは信濃国の追分からやって来たと仰っていたけれど……上野国の桐生のほうからいらしたのではないかしら。お幾さんが身に着けていらしたのは、すべて桐生織の着物だったもの。飛紗綾にしても、浮経織りにしても。桐生織の着物は江戸はもちろん色々なところに出回っているから、それだけでは手懸かりにはならないでしょうが、お幾さんには上野国らしき訛りがあったわ。てんで美味しい、という言い回しがね。牡丹餅のことを半殺し、お餅を皆殺しと記していたことも併せて、恐らく、上野国と所縁があるに違いないわ。

里緒が考えを巡らせていると、吾平が戻ってきた。あちこち探し回ったが、どこにもお幾の姿は見えなかったという。

「まったく逃げ足の速い女ですぜ」

吾平はまだ荒い息をしていた。


里緒はすっかり食欲が失せてしまい、幸作が用意した昼餉も口にすることができなかった。するとお竹があるものを買ってきて、里緒に差し出した。それは、金平糖だった。白、薄桃色、黄色、薄紫色、若草色。色とりどりの金平糖を眺め、里緒の顔が微かに和らいだ。

「女将は小さい頃から金平糖がお好きでしたものね。何もお口にしないというのは毒ですから、これでも舐めてらしてください。疲れている時には甘いものがよろしいですよ」

「ありがとう……喜んでいただくわ」

いっそうほっそりとした指で金平糖を摘まみ、里緒は一粒口にした。お竹も吾平と同じく、里緒が生まれた時には既に雪月花で働いていたので、里緒のことはよく分かっており、まさに親代わりなのだ。

角の生えた金平糖は、ざらりとした舌触りの後で、優しい甘みが広がっていく。

里緒は薄桃色の金平糖を見つめた。

――お初さんが押し花にしていたウナギツカミの花は、色といい形といい、この金平糖によく似ていたわ。お初さんも、きっと金平糖みたいで可愛いと思って、採ってきたのでしょうね。……お花を愛でるそんないい娘が、どうして消えてしまわなければならないの。

里緒の目が思わず潤む。何を見ても、今の里緒には、お初が思い出されてしまうのだ。

すると、盛田屋寅之助の子分の一人で、留守を任されている民次がやってきて、玄関で大声を上げた。

「お忙しいところ、すいやせん。てえへんなことが起きちまいやして、女将さんか番頭さんにお出向きいただきたいんですが」

里緒と吾平とお竹が慌てて出ていく。民次の声があまりに大きかったので、お栄と幸作も何事かと顔を見せた。

「あの……いったい何が起きたのでしょう」

里緒がおずおずと訊ねると、民次は苦々しい顔で答えた。

「行方知れずになっている娘さんの一人と思われる死体が見つかったんです。出張ってくださってる山川の旦那が仰るに、こちらのお初さんでないのは確かですが、もしやこちらに泊まっていた三人のうちの誰かかもしれねえんで、ご検分をお願いしてえんです。遺体ですので、似面絵だけでは確定できやせんので」

里緒は胸に手を当て、思わず後ずさる。ふらりとした里緒を、お竹とお栄が後ろから支えた。吾平が力強い声を出した。

「分かった。俺が行こう。泊まっていた方たちの顔は、しっかり覚えているからな」

「ありがとうごぜえやす。ではご案内いたしやす」

民次は吾平を連れて、現場に戻っていった。

お竹とお栄は里緒に、少し部屋で休んだほうがよいと告げた。

「確かに気懸かりですけれどね、お初ちゃんじゃなくてひとまずよかったですよ」

「でも、お亡くなりになった娘さんは、お気の毒です」

里緒を気遣いながらも、お竹とお栄も衝撃を受けているようだ。ついに死人が出てしまったのだから。

半刻ほどで吾平が帰ってくると、お竹は早速訊ねた。

「どんな様子でした」

「うむ。これはますます騒然となっちまうだろうな。死体は、今戸町付近の隅田川の川べりに流れついていた。娘は舌を噛み切っていたよ」

里緒は息を呑み、お竹は身を乗り出す。

「そ、それで、うちに泊まっていた娘の誰かでしたか」

「いや、それは違った。よく見せてもらったが、あの三人の誰かではなかった」

吾平がはっきりと答えたので、里緒は取り敢えず安堵するも、やはりいたたまれない。お竹は目を瞬かせた。

「すると……まさか、深川の干鰯問屋のお常さんが」

「ああ、そのお常さんだ。その娘の両親も飛んできていて、自分の娘だと認めた。二人とも泣き崩れていたよ」

里緒とお竹は目を見開き、口を押さえる。お栄は喉を鳴らした。

「じゃ、じゃあ、あの占い師の言ったこと、当たったってことですよね。お常さんは目をつけられて怖い目に遭うかもしれない、って言ったんですよね、お竹さんに」

「うむ。ってことは、妖薫は少しは本当に視えるのかもしれないな。まさか、自分の占いを正当にするために、殺ったなんてことはないだろうしな。……いや、奴ならあり得るか」

顔を顰める吾平に、里緒が口を挟んだ。

「でも、舌を嚙んでいたのなら、ご自害なさったということでは。誰かに殺められた訳ではないのではないかしら」

「何か危険な目に遭って、思わず嚙み切ったということか。やはり、妖薫の占いは、幾分か当たるのか」

「ならば雛人形があるところに娘たちがいると言っていたことも、本当かしらね。だったら、目星がつけられそうだわ」

お竹が言うと、里緒は眉根を寄せる。

「でも、それが本当だとしても、雛人形がある家など沢山あるわ。うちにだって置いてあるもの。それだけで場所を特定することは難しそう」

「特定は難しいだろうが、推測は色々できるな。江戸なら、雛人形や雛市で有名なのは、日本橋は室町(むろまち)の十軒店(じっけんだな)の辺りだ。まさかあの辺りに隠されているってのか」

江戸の十軒店は、武州越谷（こしがや）、鴻巣と並び、関東の三大雛市にあげられる。お竹は首を捻った。

「でも、あそこら辺から遺体を流して、日本橋川から隅田川を渡って、ここら辺まで流れてくるってあり得るかしら。あ、もしや舟で運んだとか」

里緒は思わず耳を塞いだ。

「もう嫌だわ。怖いことを言わないで。……どうして十軒店の人たちが、そのようなことをしなければならないのよ。第一、占い師が言ったことがすべて当たっているとは限らないでしょう。雛人形というだけであらぬ疑いをかけるものではないわ」

お竹は肩を竦めた。

「まあ、確かにそうですけれどね。でも、妙に気になってしまうんですよ。雛人形ってのがね」

吾平は里緒の顔色を窺いながら、咳払いをした。

「まあ、ちょっとおかしな話だが、こんな話を聞いたことがあるんだよ。……どこかのお大名が変わった趣味の持ち主で、娘たちを雛人形に見立てて、大きな雛段に飾って、それを眺めて喜んでいる、ってね」

里緒は眉を顰め、お竹は目を瞬かせる。

「どこのお大名なんでしょう、そんなことをするのは」

「俺もそこまでは知らないがね。三十代半ばだというが。もしそれが本当の話ならば、大名屋敷も怪しいってことになる」

「いずれにせよ、亡くなったお常さんは妖薫の占い処に行っていたのだから、山川の旦那は妖薫を無理にでも引っ張るかしらね。そして何か聞き出すのでは」

二人の話を聞きながら、里緒は青褪めつつも考えを巡らせた。

——やはりお幾さんは、占い師と繋がっていたのかしら。二人が共謀して、娘さんたちを罠(わな)に嵌(は)めたとしたら……。

娘たちの一人が亡くなったということで、里緒は酷く気落ちし、仕事もままならない。広間で囲炉裏にあたって休んでいると、お栄が報せにきた。

「盛田屋の民次さんが再びいらっしゃいました。女将さんにお話があるそうです」

「そう。お通しして」

里緒は浮かない顔で、衿元を直した。民次はすぐに現れ、里緒に丁寧に一礼し、腰を下ろした。里緒は弱々しく微笑んだ。

「ごめんなさいね。うちのことで、色々とご迷惑をおかけしてしまって」

盛田屋の若い衆たちが、消えた娘たちの似面絵を手に探し回っていることを、里緒はもちろん知っている。民次は顔を引き締めた。

「いえ、そんなことはありやせん。ご心配は無用です。それで、聞き込みで摑んだことをお報せしにめえりやした」

「はい」

里緒は姿勢を正した。

「こちらに泊まっていたというお倉とお玉の姉妹ですが、隣の花川戸町の酒屋で、酒を買っていたことが分かりやした。番頭に似面絵を見せたところ、確かにあの姉妹だったそうです」

「お酒を？　あのお二人はここではまったくお呑みになりませんでしたが」

「誰かへの贈り物にしようとしていたらしいです。番頭の話によると、なんでもあの姉妹は『油のようなお酒は置いてありますか』と訊ねてきたそうです」

「油のようなお酒、ですか」

里緒は目を瞬かせた。

「へい。それで番頭は少しばかり驚いたようですが、すぐに、とろりとした濃厚な酒を求めているんだなと気づいたそうです。それで、どぶろくを勧めたところ、それはちょっとと言われたらしく、片白(かたはく)を売ったとのことでした。贈り物にするので丁寧に包んでくれと言われたそうです」

諸白(もろはく)は今日の清酒とほぼ同じものだが、片白は精白米と黒麹で醸造した濁り酒である。

「そうだったのですか」

里緒は言葉少なに、考え込む。

——油のようなお酒をほしがるなんて、相当な呑兵衛(のんべえ)ね。……占い師の妖薫は、大の酒豪と聞いたわ。まさか妖薫への贈り物にしようとしていたのかしら。

里緒の心を見透かすかのように、民次は告げた。

「ちなみに、あの青江妖薫って占い師は、役者だった頃、酒豪番付に載ったことがあるそうですぜ」

「そう……」

里緒は唇を少し噛み、民次に訊ねた。

「ねえ、民次さん。あの姉妹がお酒を買いにいったのって何日頃だったのかしら。

そこまではお分かりにならない?」

「番頭は八日ぐらい前と言っていたんで、今日が二十一日だから、十三日頃ってことですか」

十三日といえば、姉妹が雪月花に泊まり始めて二日目だ。出ていく十五日までの間に、そのお酒を持って、誰かに会いにいっていたと考えられる。その誰かとは、妖薫なのだろうか。

「報せてくださって、ありがとうございました」

里緒は民次に礼を述べつつ、顔を強張らせた。

――操さんの蠟燭の件といい、お倉さんとお玉さんのお酒の件といい、妖薫に通じてしまう。それは偶然なのかしら。それとも、やはり……。

その夜、五つ頃、隼人が雪月花を訪れた。死体を確認してもらった礼を、吾平に言いにきたのだ。

「本日は手数をかけてかたじけなかった」

「旦那こそ、遅くまでお疲れさまです。よろしければ、ちょっと上がっていきませんか。女将が何か話したいことがあるようなので」

「うむ。俺も里緒さんに伝えたいことがあるんだ」

隼人は上がり框を踏み、吾平に里緒の部屋へと案内された。隼人の顔を見ると、里緒の面持ちは少し和らいだ。

里緒の部屋で炬燵にあたりながら、二人は話をした。里緒はお幾が逃げるように出ていったことを、隼人に告げた。

「やはりお幾さんは件の占い師と仲間で、娘さんたちを手引きしていたのではないでしょうか」

里緒は、純太が報せてくれた蠟燭の件、民次が報せてくれたお酒の件も話した。

「そのことを踏まえても、やはり妖薫は怪しいと思うのです。あの三人は贈り物を持って、妖薫に会いにいっていたのではないでしょうか。三人ともかねてから妖薫に夢中で、お幾さんがそこに付け込んだとも考えられませんか。妖薫に会わせてあげるなどと巧いことを言って、どこかに連れていってしまったのではないでしょうか」

隼人は低い声で答えた。

「うむ。その線もあるかもしれんが、今のところの調べによると、操、お倉、お玉の三人の娘と妖薫の接点はまだ見つかっていねえんだ。確かに妖薫は疑わしいが、蠟燭と酒のみで奴に結び付けて、下手人と決めつけてしまうことはできねえな。亀吉がずっと見張っているが、動きもまだねえようだ。亀吉は三人の娘の似面絵を持って、占い処の周辺や、妖薫の客の女たちにも熱心に聞き込んでいるようだが、娘たちに心当たりがあるという者はまだ出てきていねえな」

「そうなのですか」

　里緒は肩を落として溜息をつく。

「うむ。妖薫の住処のほうにも注意しているが、お幾らしき女が現れた気配もねえようだ。だからあの二人が繫がっているか否かも、まだ分からねえ。……だが、お幾って女は、何か訳がありそうだな。一月以上も旅籠に滞在して、何も言わずに金だけ置いて出ていってしまったってのも、普通じゃねえ。話していたことも出任せだろうな」

　里緒は、お幾が二十九日をやけに気にしていたことも告げた。

「その日まで、あと八日です。本人は、その日から江戸で働き始めると仰ってましたが……疑わしいものです。二十九日に、いったい何があるのでしょう」

　里緒は眉根を寄せ、隼人は腕を組んだ。

「二十九日に必ず出ていくからその日まで置いてくれ、とお幾は言っていたんだな。その日を待たずに出ていったということは、ここにいてはまずいかもしれないと、身の危険を感じたのだろうか」

「そろそろ探索の手が及ぶと思ったのでしょうか。隼人様が一度ここで聞き込みをされた時も、お幾さんの様子はおかしかったですもの。声が裏返っていましたし、隼人様と目を合わせようともしないで」

「うむ。……町方を恐れているということか」

隼人はふと思った。

――それとも俺を恐れていたのだろうか。もしや今まで俺が探索した、何かの事件に関わった者だったのだろうか。

しかし隼人は、いくら考えても思い出せなかった。

里緒は隼人にお茶を注ぎ足した。

「お幾さん、信濃国の追分から来たと仰ってましたが、それも疑わしいと思っておりました。私、お幾さんは上野国の桐生のほうの方ではないかと思うのです」

上野国と聞いて、隼人は目を瞬かせた。

「どうしてそう思うんだ」

「お幾さんがお召しになっていたのは、ほとんど桐生織のお着物でした。と申しましても、桐生織は各地に広く流れていますので、もちろんそれだけでは判断できませんが。しかし、お幾さんには上野国のほうの訛りや言い回しも見られたのです」

「なるほどな……」

上野国は桐生と聞いて、隼人は烏山藩の下屋敷で開かれる賭場に上野国の博徒たちが集まっているということを思い出した。

――里緒さんが言うように、お幾が本当に上野国の者だとしたら、お幾が繋がっている悪党とは、妖薫ではなくて、もしやその博徒たちのほうじゃねえのかな。まあ、皆で組んでいて、妖薫も仲間なのかもしれねえが。

隼人は里緒に、烏山藩藩士の小野が斬られた事件のあらましと、探索で摑んだことなどを話した。

「もしお幾が博徒たちの仲間だとしたら、その下屋敷で開かれる賭場にもいつか訪れるかもしれねえから、注意しておくぜ。……藩邸は上屋敷はもちろん、下屋敷も町方の受け持ち外となるから、容易に踏み込むことはできねえ。それゆえに、悪の巣窟になっていることも大いにあり得るって訳だ。もしや、あの下屋敷の中に、娘たちが隠されているってことも考えられる」

「その場合、下屋敷にいる中間たちも関わっているのでしょうか」

「うむ。もしくは、烏山藩の藩士かもしれねえな。藩士や中間の力添えなしに、勾引かした娘たちを下屋敷に隠すってのは難しいだろうからな。……まあ、下屋敷が怪しいってのは、まだ推測の段階だが」

隼人は顎をさすりながら、考えを巡らせる。里緒は顔を強張らせた。

「どうやって娘さんたちを深川の下屋敷へと導いたのでしょう」

「その役目がお幾だったとしたら、言葉巧みに誘ったんだろうよ。もし妖薫も一枚嚙んでいるとしたら、『妖薫に別の場所でゆっくり会わせてあげる』などと誑かして、下屋敷に引っ張り込んだとかな。そして閉じ込めてしまった、と」

「巧みな手ですね……。でも」

言葉を切った里緒を、隼人は心配そうに見つめる。

「どうした」

「……お初さんは、そのような手に乗るでしょうか」

「うむ。誘い文句はいくらでも考えられるだろう。お初は人形や花が好きだったというから、そこをついたのではねえかな。『見事な雛人形をいつも飾っているお屋敷があるのよ、一緒に見にいかない』などとな」

里緒は項垂れた。吾平が話していた、娘たちを雛人形に見立てて喜んでいるという大名の噂を、思い出す。里緒は吾平から聞いたことも、隼人に告げた。

「隼人様、よろしくお願いいたします」

「任せておけ。案ずるな。……まあ、番頭の吾平の話はあまり気に懸けなくていいぜ。あくまで噂だろうし、もし本当にそういう大名がいたとしても、烏山藩の藩主とは別人だろう。烏山藩の藩主は五十絡みだし、今は江戸にいねえからな。下屋敷で、娘たちを雛人形に見立てて楽しむなんてことはできねえよ」

隼人は里緒を励まし、さりげなく伝えた。

「今日見つかったお常の遺体を検めてもらったところ、生娘だったと分かったぜ」

「そうだったのですか……」

隼人は、だからお初も乱暴などはされていないだろうと、里緒に伝えたかったようだ。里緒も、隼人の気遣いは分かった。しかし、こんな風に察してしまう。

――お常さんが亡くなったのは、舌を嚙み切ったのが原因だったというわ。つまり自害なさったということ。もしや、自害しなければならないところにまで追い詰められたのではないかしら。たとえば……手籠めにされそうになったとか。

生娘ならばよけいに思い詰め、舌を噛み切ってしまうこともあり得るわ。

そう考えると、お初の身がいっそう案じられ、里緒は眩暈を覚えた。里緒の顔色が酷く悪くなったことに気づき、隼人は動揺した。

「かたじけねえ。よけいなことを言ってしまったかもしれねえ」

「いえ、そんなことはございません。お気遣い、痛み入ります。……近頃よく眠れませんので、それが祟ったようです」

「里緒さん、ゆっくり休んでくれ。こんな遅い刻限にお邪魔してしまい、まことにすまねえ。……大丈夫か」

隼人は里緒の細い背中を支えながら、横たわらせた。そして里緒の肩まで、炬燵布団をかけた。

「暫くこうしてゆっくりしていろ。……それからな里緒さん、飯はしっかり食べろよ。里緒さんが元気をなくしちまったら、雪月花で働いている者たちも悲しくなっちまうだろうからな。……俺もな」

里緒は横たわったまま、隼人の顔を見上げて頷く。

「じゃあ、俺は帰るぜ。里緒さんはそのままでな。俺がまた来る時には、元気になっていろよ」

隼人は優しく告げると、里緒の部屋を出ていった。

二

次の日、隼人は瓦町にある妖薫の住処を窺いにいった。普通の長屋といった趣で、妖薫は二棟借りているようだが、腰高障子の隙間から覗いてみても、どちらの部屋にも娘たちが隠されている気配はまったくなかった。

隼人はその足で、次に妖薫の占い処へと向かった。隼人が現れると、見張っていた亀吉は一礼した。

「お疲れさまです」

「うむ、お疲れ。何か変わったことはねえか」

「特にありやせん。今日も四つ（午前十時）から占い処を開いて、並んでいる女たちを次々視てやすぜ」

亀吉は列を成している女たちを、顎で指した。

「なるほどな。じゃあ、ひとつ、俺も視てもらうか」

「踏み込むんですかい」

「一度話を聞いてみてもいいだろう。亀吉、お前は見張りを続けていてくれ」

「かしこまりやした。旦那、お気をつけて。……あ、それと」

「なんだい」

亀吉は声をいっそう潜めて、隼人に告げた。

「妖薫は今月の九日から十六日の間、〈紅葉の舞〉という催しをしていたそうです」

「どんな催しだ」

「特に何をするってことはねえようですが、日頃の贔屓に感謝して、その間は占い代をいつもの半額にするそうです。すると、いつもの倍以上の多くの女たちが押しかけるって訳で。妖薫はその催しを年に四回、必ずするらしいですぜ。〈桜の詩(うた)〉〈夕顔の夢〉〈紅葉の舞〉〈椿の苑(えん)〉、なんて呼び名をつけてるそうです」

「けっ、風情(ふぜい)があるような呼び名をつけながら、つまりは金儲けの催しってことじゃねえか」

隼人は顔を顰める。

「まあ、そうでしょうが、今月それをやっていたのが九日から十六日の間ってのが気になりやせんか」

「そうか……消えた娘たちが雪月花に泊まっていたのは、ちょうどその間だ」

隼人は顎をさすりつつ、亀吉を見やった。

「そうなんですよ。あの娘たちは、もしや妖薫のその催しが目的で、こっちを訪れていたってことも考えられやすぜ。……でも、まだ、あの娘たちに心当たりがある者は、見つかっておりやせんが」

隼人は頷きつつ、考えを巡らせる。

——操の家族や、お倉とお玉の奉公先の者の話によると、やはりそれぞれ悩みはあったようだ。操は、今の暮らしに不満を持っていたらしい。お倉とお玉は、奉公先の主人に悪戯(いたずら)されそうになり、それを知って怒った奥方にいびられていたそうだ。また遺体で見つかったお常は、好いた男に振り向いてもらえないと嘆いていたようだ。……占い代が半額の時に、それらの悩みの相談をしにきたってことはあり得るな。いかにも娘たちが考えそうなことじゃねえか。相談しながら、優男の妖薫に接近できるって訳だ。

隼人は亀吉の肩を叩いた。

「よく調べてくれてるな。礼を言うぜ。確かに、同じ頃にこっちに来ていて、続けていなくなったってのは妙だからな。そのような催しが関わっていたとしたら、話は分かる」

「引き続き、探ってみやす。娘たちが催しの時に本当に訪れていたかどうか」

「頼むぜ。じゃあ、俺は、ちょっといってくる」

隼人は再び亀吉の肩を叩き、妖薫の占い処へ向かっていった。列には並ばずにずけずけと入っていき、入口で大声を上げる。

「すまんが、こちらの主人に用があるのだが」

そのような隼人を、並んでいた女たちは怪訝(けげん)そうに眺めた。「なによ、厚かましいわね」などと文句を呟く者もいたが、隼人はおかまいなしだ。

すると、中から大年増の下女が現れた。下女は同心姿の隼人を見ると、姿勢を正した。

「はい。……あの、お役人様がどのようなご用件でしょう」

「ちょっと訊きてえことがあるんだ。巷(ちまた)を騒がせている、娘たちの行方知れずの件でな」

女たちがざわめく。死体で見つかったお常がここを訪れていたということは、瓦版や噂などで薄々知っているようだ。女の一人が声を上げた。

「妖薫様は何も関係ないです、絶対に」

「そうよ。ある訳がないわ。たまたまその中の一人がここを訪れていただけでしょう」

「人気者だからといって色々騒がれてしまって、妖薫様もいい迷惑よね」

女たちが次々に口を出す。隼人が振り返って睨めると、おとなしくなった。

下女に中に通され、隼人は占い部屋で妖薫と対峙した。里緒から聞いていたように、薄暗い部屋の中には、沢山の蠟燭が灯っている。妖薫は菫色の小袖を纏い、長い髪を一つに束ねていた。目鼻立ちの整った、色白でほっそりとした男だ。妖薫は隼人を見つめ、艶やかな笑みを浮かべる。その目つきに隼人はたじろいだ。

――いかにも元女形って感じじゃねえか。こういう男を好む女ってのは、結構いるんだろうな。蟒蛇の妖薫などと呼ばれるらしいが、蟒蛇というよりは白蛇だな。しかし、酒豪には見えんなあ。

目を瞬かせる隼人の前で、妖薫は科を作って、華奢な躰をくねらせた。

「町方のお役人様のご来訪など滅多にあることではございませんので、なにやら緊張しております」

妖薫の唇はやけに紅く、切れ長の目は濡れたように光っている。隼人は咳払いをした。

「いや、お前さんにちょっと話を聞きたくてな。忙しいところすまねえけどよ」

「はい。どのようなことでございましょう」

妖薫は絶えず悩ましく身をくねらせる。

「うむ。娘たちが立て続けに行方知れずになった事件は、お前さんも知っているだろう。そのうちの一人が、ここを訪れていたということもな。深川の干鰯問屋の、お常って娘だ。覚えてねえか」

妖薫は小首を傾げて、目を瞬かせた。

「その方のことを訊ねてきた人が、前にもいらっしゃいました。正直、覚えていなかったのですが、その人とお話ししているうちに、ぼんやりと思い出しましたわ。十七ぐらいの、背の高いほっそりした娘さんでした。でも、ここへいらしたのは四、五回ぐらいだったと思います」

「お常とどんなことを話したかは覚えてねえか。どんな占いをしたんだ」

妖薫は斜め右上に視線をやり、唇を舐める。数多（あまた）の蠟燭の炎が、妖薫の整った顔を照らしていた。

「申し訳ございません、そこまではよく覚えておりませんわ。たぶん、色恋について占ったのではないかと思いますが。ここを訪れるお客様は、ほとんどそれについての占いをご要望されますので」

「好いた男に振り向いてもらえないのですが、どうすれば相惚(あいぼ)れになれますか、とかか」

「さようでございます。振り向いてもらえるおまじないなども教えて差し上げます。……さすがは町方のお役人様、娘心までよくお分かりでいらっしゃいますこと」

隼人に流し目を送り、妖薫は悩ましい笑みを浮かべる。隼人はまた咳払いをした。

「お前さんのところには多くの女たちが訪れるから、一人一人のことをいちいち詳しく覚えていられねえって訳か。では、手短に訊くぜ。お前さんが娘たちをどこかに隠したって訳ではねえんだな」

妖薫は切れ長の目で、隼人をじっと見つめた。隼人も睨めるように見つめ返す。暫し無言で眼差しをぶつけあった後、妖薫は再び嫣然(えんぜん)と微笑んだ。

「わたくしが疑われているという訳ですね。かしこまりました、旦那、わたくしを思い切り探ってくださいまし。今からこの占い処を隅々までお探しくださいまし。娘さんたちはおろか、怪しげなものなど何も出て参りません。なんならその後、わたくしの住処に一緒に行って、そこも探ってみてくださいまし。それで納得してくださいましたら……旦那、その後は、わたくし自身も隅々まで探ってくださっても構いません」

妖薫は不意に隼人の大きな手に触れ、やけに細くて長い人差し指で、すーっとなぞった。隼人の背中に冷たいものが走り、息を呑む。速やかに手を引っ込め、隼人は妖薫を睨んだ。

「つまりは潔白だと、お前さんは言いてえんだな」

「はい、さようでございます。いくら探ってくださっても構いません。だってわたくし、本当に何の関わりもないんですもの。だから、何も出て参りませんよ。……ねえ、旦那。それとは別に」

蠟燭に照らされながら、妖薫はまたも隼人に流し目を送る。

「わたくしの住処へ遊びにいらっしゃいませんか。もう探り当てていらっしゃると思いますが、瓦町に住んでおります。わたくし、旦那みたいなむっちりと肉づきのよい、逞しい男が好みなんです。こんな寒い時季は、すっぽん鍋でもつつきながら、旦那と一緒にご酒をいただきたいですわ。あ、わたくし、お料理も得意なんですよ」

話しながら、妖薫は隼人に擦り寄ろうとしてくる。なにやらおかしな雰囲気になってきたので、隼人は耐え切れずに腰を上げた。

「忙しいところ邪魔したな。お前さんの気持ちはよく分かったぜ。たっぷり探ってやるから覚悟しろよ。今の言葉、はったりだったら、ただじゃおかねえからな」

隼人が凄むも、妖薫は目を潤ませる。

「怒った旦那も一段と素敵ですわ。……あ、ちょっと……お待ちになって」

妖薫が引き止めるのにも耳を貸さず、隼人は大きな躰を揺さぶって占い処を出ていった。

うんざりした顔で戻ってきた隼人に、亀吉が声をかけた。

「どうでしたか」

「聞きしに勝る気味の悪い男だな。目つきといい、赤くて長い舌といい、まるで白蛇みてえだ」

「それで、やはり臭いますか」

「うむ。それなんだがな……」

隼人は、妖薫に言われたことを、亀吉に話した。

「いくら探ってくれても構わねえ、とは太々しいじゃねえですか」

「うむ。疑いをかけられれば誰でも、自分は下手人ではないと言うもんだ。でもよ、いくら探ってくれても構わないとまでは、真の下手人の場合は言わねえように思うんだ。それとも、真の下手人だからこそ、はったりをかましているのか。それともやはり、本当に疚しいことがねえのか。どちらなんだろうな」

「確かに……どっちなんでしょう」

隼人と亀吉はともに腕を組み、大きな溜息をついた。

その日の午過ぎ、半太が雪月花に来て、里緒に報せた。

「新鳥越町の辺りを探っていたら、こんなことを掴んだんです。あの、押し花の花を見つけた静観寺って尼寺にも、女の人たちがよく相談に訪れるらしいですよ。檀家の人たちだけでなく」

「俗世との縁切りや出家のお手伝いもなさっているのかしら」

「そのようですね。まだそこまで調べてませんが、静観寺には大きな本山があって、そこに出家した女たちが多くいるのかもしれませんね。静観寺はそれほど大きくなく、ご住職のほかには三人ぐらいしか尼さんがいないようですから」

「ご住職は面倒見がよろしいのかしら」

「評判がよいみたいですよ。静心尼と仰るのですが、優しく穏やかで、菩薩様のように崇められていると聞きました。口伝えで評判が広まり、その静心尼を頼りにする女の人たちは多いようです。静観寺の尼さんたちは、たまに炊き出しなどもして、ご近所の人たちや、お腹を空かせた人たちに振る舞っているそうです」

里緒は顎に指を当て、考えを巡らせる。半太は続けた。

「もしや、お初ちゃんも何か人知れず悩んでいて、ご住職のところへ相談にいっていたとは考えられませんか？　占い師のところへ相談にいくよりは、あり得るのではないかと」

「……そうね、それはあり得るかもしれないわ。ねえ、半太さん。尼寺を見張っていて、実際に相談に訪れた女の人たちって、目にしましたか」

「はい。おいらが見張り始めてからも、五人ぐらい訪れ、五人ともちゃんと出てきて帰っていきました」

「その女の人たちは、皆、娘さんでしたか」

「若い娘さんは二人で、後は年増とお婆さんでした」

「半太さんはいつから見張っていらっしゃるんでしたっけ」

「今日で七日目です」

「静観寺には裏口などはありませんか」

「裏に廻ってよく見てみましたが、ありませんでした」

「そう……」

里緒は目を伏せた。

——でも、なにやら気になるから、あの尼寺を一度訪れてみてもいいかもしれないわ。

お初への心配が募り過ぎて、里緒も何か行動を起こしたいのだ。

「報せてくださって、ご丁寧にありがとうございました」

里緒は考えを巡らせつつ、半太に礼を述べる。すると半太は、このようなことも教えてくれた。

「二、三日前でしたか。尼寺を見張っていたら、夜も遅くなって駕籠が到着したんです。駕籠は寺の中にまで入っていったので、誰が乗っていたかは分かりませんでした。四半刻ほどして駕籠が出てきて帰っていったので、こっそり後を尾けたんです。でも……途中で尾行に気づかれたみたいで、巧みにまかれてしまいました。それから尼寺に戻ってまた見張ったという次第です」

駕籠は花川戸町を過ぎ、浅草の広小路へと進み、東本願寺を過ぎ、菊屋橋を渡ったという。そこで気づかれたらしく、駕籠は町中をぐるぐると廻り始め、まかれてしまったそうだ。

里緒は小首を傾げた。

「そのようなことがあったのね。駕籠で乗りつけるなんて、いったい何方だったのでしょう。位が上の尼僧様かしら」

菊屋橋の辺りにも寺が多く、掘割沿いには武家屋敷が立ち並んでいる。

「ああ、そうだったのかもしれませんね。尼僧のお偉方だったのかもしれません。俺みたいな岡っ引きに尾けられて、不愉快だったのでしょう」

半太は苦笑した。

里緒は半太に、昼餉用のちょっとした弁当を持たせた。梅干し入りの大きなおにぎり二つと、椎茸とほうれん草入りの玉子焼きに、沢庵がついている。

「なんだか申し訳ないです。いつも気を遣っていただいて」

頭を深く下げて恐縮する半太に、里緒は微笑んだ。

「お初さんのために頑張ってくださっているのですもの、感謝しています。力をつけてくださいね」

「はい。ありがたく、いただきます。こちらの料理は本当に旨いんで。百人力が出ちまいますよ」

「まあ、それは頼もしいわ」

半太は何度も頭を下げ、弁当を大切そうに抱えて、見張りに戻っていった。

里緒が広間に行くと、お竹とお栄が茶漬けを啜っていた。この広間は、皆で食事をしたりするだけでなく、お客たちに貸すこともある。囲炉裏が切ってあるので、寒い時は鍋も楽しめるのだ。

「女将も如何ですか。お茶漬けなら、さっぱりと食べられますよ」

「私は後でいただくわ。それよりお竹さん、ちょっと相談があるの」

里緒は腰を下ろし、半太から教えてもらった静観寺のことを伝えた。

「半太さんが仰るに、静観寺は、檀家の方々だけでなく、女人ならば中へ通して悩みを聞いてくれるそうなの。だから私、一度、行ってみようと思うのよ」

里緒の思い切った考えに、お竹とお栄は顔を見合わせる。お栄が口を出した。

「もし、どうしてもいらっしゃるというおつもりでしたら、女将さんお独りでは危ないので、私がついていきます」

すると、お竹が首を横に振った。

「いえ、その役目は私が引き受けます。お栄はここで仲居をしっかり務めてなさい」

「そうね。お竹さんが言うように、お栄さんはここにいて。私とお竹さんで、相談するふりをして、静観寺を探ってみるから」

お竹は里緒をちらと見て、苦い笑みを浮かべた。

「女将も傍から見ているだけでは飽き足らなくなって、ついに自ら乗り込むことにしたんですね」

「だって、どんなことでもいいから、手懸かりがほしいのですもの。尼寺の中で色々な女の人たちの相談事を聞いているのならば、もしやお初さんも一度くらいは訪れたかもしれないわ」

お栄がおずおずと口を出した。

「でも……私が知っている限り、お初ちゃんには悩み事なんてなかったはずですよ。時々、お父さんとお祖母さんを思い出して、どうしてるかなあ、なんて懐かしんでいたけれど、ここで働くことができて嬉しいっていつも言っていました」

「まあ、それは本当？」

里緒は目を見開き、お栄をじっと見つめた。

「はい。お初ちゃん、ここで働けることに感謝していました。置いてくださっている女将さんにはもちろん、雪月花を紹介してくださったお竹さんにも。『いい人ばかりで私は恵まれている、そのことに感謝して働かなくちゃ罰が当たっちゃう』って、お初ちゃんよく言ってました」

「そんなこと言ってたの、あの娘」

お竹は俯き、唇を嚙む。里緒は指でそっと目元を拭った。

「お栄さん、話してくれてありがとう。……ではお初さんは、悩み事を抱えていたという訳ではないのね」

「はい。尼寺のことも占い師のことも、一度も話したことはありませんでした」

「そうすると、やはり鴻巣の夫婦が怪しいんでしょうかね。盛田屋の親分さんと子分さん、まだ戻ってないから話を聞けませんが、どうなったのでしょう」

「お竹さんが言うように、あのご夫婦がお初さんを隠してしまったのならば、お初さんの一件は、一連の勾引かしとはまったく別のことになるわね。……でも、尼寺にはやはり一度行ってみましょう。お初さんが息抜きにあの辺りでお花を摘んでいたのなら、尼僧様たちの中に、何かご存じのお方がいらっしゃるかもしれないわ」

里緒の脳裏には、薄桃色の金平糖のような花が浮かんでいた。

三

翌日の八つ半（午後三時）頃、里緒はお竹とともに、静観寺へと向かった。雪月花のある山之宿町と、静観寺のある新鳥越町はさほど離れていない。

緊張の面持ちで歩を進める二人に、尼寺の近くで見張っていた半太が声をかけた。

「もしや中に入ってみるつもりですか」

「ええ。どのようなことでもいいから、お初さんについて何か手懸かりがほしいのよ」

「お気持ち、分かります。男のおいらでは中に入れませんので、お願いします。お気をつけて」

里緒とお竹は半太に頷き、短い石段を上がっていった。

門前で佇んでいると、若い尼僧が訊ねてきた。

「檀家の方ではございませんね。どのようなご用件でしょう」

「こちらのお寺のお噂はかねがね耳にしております。どうしても静心尼様にご相談したいことがあってお伺いしたのですが」

「さようでございますか」

若い尼僧は里緒とお竹を神妙な面持ちで眺め、「ではこちらへ」と中に通してくれた。

静観寺はこぢんまりとした趣で、静けさを湛えていた。尼僧の後を歩きながら、里緒は尼寺の庭に咲いている草花に目をやった。

――柿の木があるわね。……あの白い可憐なお花はアケボノソウだわ。花びらが五枚で、斑点があるもの。あちらの紅紫色のお花はセンニチコウね。

寒空の下でも、草花たちは元気に咲いている。里緒の緊張は少し解れた。

里緒とお竹は庫裡(くり)に通され、お茶を出された。それを啜って待っていると、住職の静心尼が現れた。五十前後だろうか、なんとも優しげで品がある。静心尼は姿勢よく座ると、里緒とお竹に向かって丁寧に辞儀をした。里緒とお竹も慌てて頭を下げる。静心尼は穏やかな光で包まれているようだった。

――菩薩様と謳(うた)われていらっしゃるのもよく分かるわ。

里緒は静心尼を眩しそうに眺めた。

「本日はようこそお越しくださいました。ご相談事とは、どういったことでしょう」

静心尼の声は落ち着いていて、耳にとても心地よい。

——ここを訪れる女の人たちは、静心尼様にお話を聞いていただけるだけで心が安らいでしまうのでしょうね。

里緒はそのように思いつつ、早速話を切り出した。

「実は、私たちと一緒に働いている者が行方知れずとなってしまい、困っているのです。もしや、自ら姿を消してしまったのかもしれません。お初という十七の娘なのですが、人知れず悩みを抱えていて、こちらにご相談にきていたなどということはございませんでしたでしょうか」

里緒は率直に訊ね、お初の特徴なども話した。五十嵐蓬鶴が描いてくれたお初の似面絵も見せた。

静心尼は似面絵をじっくりと眺め、首を傾げる。どうやら心当たりがないようだ。そこへ先ほどの若い尼僧がお茶を運んできたので、静心尼はその尼僧にも似面絵を見せて訊ねた。

「こちらの娘さんがここにいらしたことはありませんよね」

若い尼僧も、似面絵を眺めて首を捻った。

「いらしたことはないと思いますが」

静心尼はその尼僧に、ほかの尼僧たちも呼んでくるように告げた。残りの二人もやってきて、皆で似面絵を確認したが、誰もお初に心当たりはないようだった。

ほかの尼僧たちがそれぞれの務めに戻ると、静心尼は再び深々と頭を下げた。

「お力になれず申し訳ございません。お初さんがご無事でありますよう、祈っております」

「こちらこそお手を煩(わずら)わせてしまい、申し訳ございませんでした。お力添えに心よりお礼を申し上げます」

里緒とお竹も深々と辞儀を返した。静心尼は溜息をつき、沈痛な面持ちで語った。

「けなげに働いていらっしゃる娘さんがいなくなってしまうなど……悲しいことです」

「うちのお初以外にも、巷では娘たちが消えてしまう事件が相次いでおります。ご住職様はご存じでしょうか」

お竹が訊ねると、静心尼はそっと目を伏せた。

「ええ、話を耳にしたことはございます。どうしてそのような痛ましいことが起こるのでしょう。無慈悲な世に、どうか明かりが灯りますよう」

静心尼は胸の前でそっと手を合わせた。里緒は静心尼の顔色を窺いながら、躊躇（ためら）っていた。操とお倉とお玉の似面絵も持ってきていたのだが、それらまでをも見せて訊ねることは、静心尼に対して失礼にあたるように思えたからだ。それゆえ里緒は、三人の似面絵を見せることはしなかった。

「いなくなった娘たちは、皆、大なり小なり悩みを抱えていたようです」

お竹が言うと、静心尼は眉根を寄せた。

「娘さんたちの悩みに付け込んで悪事を働く者がいるということでしょうか。なんとも卑怯ではありませんか。私どもにご相談くだされば、よろしかったものを」

「ご住職様でしたら、よいお導きを与えてくださいますでしょう」

静心尼は里緒に静かに微笑んだ。

「人は誰しも、多かれ少なかれ悩みを抱いているものなのです。悩みがまったくない者など、この世にはいないでしょう。なぜならば、この世は修行の場だからです。悩みを一つずつ克服し、修行をきちんと修めた者が浄土に行くことができるのだと、私はいつも説いております。ここを訪れてくださった皆様方に」

「……お言葉、胸に沁み入ります」

里緒とお竹は深く頷き、静心尼に向かって手を合わせた。

静心尼の教えを賜わっていると、若い尼僧がお茶のお代わりと菓子を運んできた。

「まあ、お菓子まで……恐れ入ります」

「突然お邪魔しまして、そのうえ、ご馳走にまでなりますなんて。私ども、図々しいにもほどがありますね」

肩を竦める里緒とお竹に、静心尼は微笑んだ。

「いえいえ、どうぞご遠慮なさらず。おもてなしさせていただけて、私どもも嬉しいのです。仏門に入っておりますと、どうしても世情に疎くなってしまいます。それを避けるためにも、町の皆様との交流は大切なことと思っております。こうしてお話しさせていただけて、こちらこそ嬉しいのですよ」

里緒は思った。

——ご住職様が色々な女の人たちの悩みをお聞きになって諭して差し上げてい

るのは、町の人たちとの交流の一環でもあるということなのね。

お初の行方知れずの手懸かりは摑めなかったが、静心尼と触れ合うことができて、里緒とお竹の心は幾分癒された。

二人は、出された菓子を味わった。それは柿の羊羹だった。擂り潰した柿と餡を混ぜて作っているのだろう、仄かな橙色で艶がある。

楊枝で切って口に近づけると、柿のみずみずしい薫りがふんわりと漂った。

それを一口食べ、里緒は目を瞬かせた。初めての食感だったからだ。ういろう餅に近いような、柔らかな弾力に満ちていた。

「まあ、羊羹にして羊羹ではないような」

「これ、本当に羊羹ですか。珍しいお菓子だわ。どちらで売っているのでしょう」

お竹も首を傾げつつ、嚙み締める。静心尼は目を細めた。

「庭に生った柿を使って、私どもが作っているのですよ。よくお褒めいただくのですが、作り方は秘伝といいますことで」

静心尼の茶目っ気のある口ぶりに、里緒とお竹は「まあ」と目を瞬かせた。里緒は味わいつつ、考えを巡らせる。

――羊羹は寒天で作るけれど、これは何かほかのものも混ぜているわね。寒晒粉（白玉粉）かしら？　でも、ちょっと違うような。……もっと歯応えがあるように思うわ。まあ、はっきり分からないからこそ、秘伝なのでしょう。

静かな尼寺で味わうちょっと珍しい柿の羊羹は、心配事で疲弊した里緒たちの心に、ひとときの安らぎを与えてくれた。

雪月花に戻ると、里緒はお初が集めていた押し花を、もう一度よく眺めた。

――あの尼寺に咲いていたのは、アケボノソウとセンニチコウだったわ。でも、お初さんが最近採ってきて押し花にしていたものの中に、それらは見当たらない。ということは、お初さんはやはりあの尼寺には出入りしていなかったのでしょうね。お花好きのお初さんなら、アケボノソウやセンニチコウを見たら、そっと摘んでくるはずですもの。

里緒は溜息をつき、押し花の束を胸に抱えた。

その夜には寅之助が戻ってきたので、雪月花でねぎらいながら、話を聞くことにした。

四

皆で広間に集い、囲炉裏を囲む。鮭の白子鍋を火にかけているので、なんとも旨そうな匂いが広間中に漂っていた。鮭、白子、葱、韮、しめじがたっぷりと入っている。

吾平が寅之助に徳利を傾けた。

「親分、どうもお疲れさまでした。お初のためにとんだご足労をかけてしまいました。どうぞ心行くまで味わってくださいまし」

「いや、すまねえ。却って気を遣わせちまって」

寅之助は一息に呑み干し、唇を舐める。そこで、里緒が訊ねた。

「鴻巣のご夫婦の様子は如何でしたか」

「うむ。あの夫婦は悪いことができるような者たちではないと見たが、油断はできねえんで、磯六を見張りに残してきた。何か動きがあったら飛脚を使ってすぐに報せてくれと言っておいたが、まだ何の報せもないから、今のところ変わった様子はないんだろう」

「そうですか……。私もあのご夫婦は悪い人たちではないと思うのです。だからこそ、お初さんがあのご夫婦のもとで見つかれば、まだよいのでは、と。でも、そこにもいないとすれば、いったいどこに」

里緒の顔が曇る。するとお栄に案内され、隼人が入ってきた。

「いやいや、皆、集まっておるな。親分、まことにお疲れだった」

隼人が現れると、空気が和んだ。吾平が隼人にも酒を注ぎ、お竹は鍋から碗によそって皆に渡す。五つ（午後八時）を過ぎているが、幸作も残って囲炉裏を囲んでいた。

ひとまず皆で、料理を味わう。柔らかな白子を箸で摘まみ、ふうふうと息を吹きかけ、頰張る。口の中で蕩ける白子の、さっぱりとしつつも濃厚な旨みに、皆、目を細めた。白子の味がまだ残っている口に酒を含む。するとそれぞれの旨みがさらに引き立ち、止まらなくなる。

「寒い時季には、こういうのが最高だ。芯まで温まるぜ」

隼人の言葉に、一同、頷いた。

味わいながら隼人は、寅之助から鴻巣そして板橋の探索の報せを聞いた。

「鴻巣の夫婦の娘は重い病で、板橋宿の医者にかかったが、その薬礼が高くて苦労したというのだな。そして、その薬は高麗人参だったと」

「はい、そうです。その道庵っていう医者を夫婦に紹介したのが、桐生の機織り業の者でして、どうやら桐生の博徒たちも交えて繋がっているみてえなんです。板橋宿で聞き込んだところ、皆でよくつるんでいて、下野国の温泉などにも一緒に行ってるって話でした。あちこちの宿場で女遊びもしていて、羽振りはよさそうです」

「ふむ……」

隼人は食べる手を止め、考えを巡らせた。

――ここでも桐生の博徒が関わってくるのか。その博徒たちと、烏山藩の下屋敷に出入りしている桐生の博徒たちは、同じ者たちなのか。

寅之助は続けた。

「機織り業の者たちは、博徒たちを用心棒代わりにして、桐生織をあちこちに運んでいるみてえです」

「なるほどな。そして、道庵という医者は、どうやら小石川養生所にも伝手があるらしいと。もしや高麗人参を養生所から分けてもらっているのかもな」

「高麗人参ってのは産地が少ないうえに、なかなか採れないっていいますもんね」

　吾平が口を挟むと、隼人は頷いた。

　高麗人参の種が朝鮮からもたらされたのは吉宗の時代で、寛政期（一七八九〜一八〇一）に幕府のご用作として野州、信州、奥州、雲州が高麗人参栽培の中心になっていったが、希少なものだった。

「ご夫婦の娘さんも、養生所に入ることができればよかったですね」

　酒を啜り、お竹が苦々しげに言う。皆、頷いたが、隼人は知っていた。聖地のように謳われる養生所が、実は不衛生で、患者に対する手当ても行き届いていないなど、色々と問題を抱えているということを。

　里緒は下戸なので、酒ではなくお茶を啜りながら、口を挟んだ。

「私、ここに泊まっていらしたお幾さんも、桐生のほうの方なのではないかと、薄ら思っていたのです。山川様ともお話ししましたが、お幾さんはもしや、機織り業の人たちや、博徒たちと仲間なのではないかと」

　隼人は大きく頷いた。

「あり得るだろうな。お幾に手引きさせて娘たちをどこかに隠し、やがて売っちまおうって魂胆かもしれねえ」

里緒の顔色が変わる。隼人は里緒を真っすぐに見た。

「もしそうだとしたら、前にも言ったように、消えた娘たちは、深川にある烏山藩の下屋敷に隠されているんじゃねえかと思うんだ」

「そこでたまに開かれる賭場に、桐生の博徒たちが集まるって仰ってましたよね」

「そうだ。やはりあそこが一番怪しい。俺が目を光らせているが、亀吉か半太に手伝ってもらって、厳重に見張ることにするぜ」

寅之助が口を出した。

「旦那、なんならうちの奴らを使ってやってくだせえ。民次でも、戻ってきたら磯六でも」

「そうかい。それはありがてえ。では明日からでも民次にお願いするか」

「へい、民次に言っておきやす。粗相のないよう、しっかり見張れと」

「頼むぜ、親分」

隼人と寅之助は盃を合わせる。酒があまり強くない隼人は、既に頬を赤らめていた。

　里緒を落ち着かせるよう、隼人は話した。

「娘の一人が死体となって見つかったのは、つい一昨日のことだ。つまり、娘たちはまだ江戸のどこかにいると思われる。悪党どもが娘たちをどこかに売ろうとしても、吉原にも岡場所にも通達しているから、すぐにこちらの耳に入ってくる。死人が出たということで、船手頭及び船手同心、定橋掛同心や四宿の役人たちにも通達をしておいたから、娘たちを江戸からどこかに運ぶとしてもそう易々とはできねえ。見つかったら、その場でお縄だ」

「そうなのですか。……それを伺って、少し安心いたしました」

　里緒は息をつき、長い睫毛を震わせた。幸作が声を弾ませる。

「江戸での隠し場所を見つけてそこに踏み込めば、万事解決ってことですね」

「下屋敷には町方はなかなか踏み込めんから、その辺りは難しいがな。もしくは何か証拠を摑んで、桐生の博徒どもをとっ捕まえちまうかだ」

「お幾さんも見つけられればいいですね」

　お栄がぽつりと言うと、寅之助が眉根を寄せた。

「もしや、板橋宿で道庵が開いている奉仕宿にたまに手伝いにきている女ってのは、そのお幾かもしれやせんね」

「うむ。それだと辻褄が合うな。皆が仲間ってことか。娘たちの勾引かしには、道庵も関わっているのだろうか」

隼人は考えを巡らせ、額に手を当てる。

――道庵のことを知っているかどうか、織太郎殿と仲谷殿に一度訊ねてみるか。だが、織太郎殿たちと繋がっているとは考え難い。織太郎殿たちは役人だからな。もし繋がりがあるとすれば、やはり同じ医者のほうだろうか。だが養生所の医者は武家の者だから、町医者とそれほど親しくするだろうか。ならば中間のような者だろうか。……とにかく一応、織太郎殿に養生所の中を探ってもらおう。

雪月花は四つ（午後十時）に消灯となるが、その刻を過ぎても、酒盛りは続いた。緊張する日々の中での、束の間の息抜き。それが明日への活力になるのだから。

次の日、隼人は民次に烏山藩下屋敷の見張りを頼み、自分は小石川養生所へと赴いた。

道庵のことを訊ねてみると、やはり織太郎は知らないようだった。

織太郎は隼人に約束した。

「承知しました。仲谷にも訊いておきますよ。たぶん、あいつもよく知らないと思いますが。養生所のほかの者たちにも訊ねてみます」

「お忙しいところ、かたじけない。よろしくお願い申します」

隼人は織太郎に頭を下げ、辞去した。

そして次に、元烏山藩藩士で浪人者の甚内の様子を窺いに、千住宿へ向かった。

隼人はあれ以来、時折千住へ赴き、甚内に目を光らせているのだ。甚内は相変わらず気儘(きまま)な暮らしを続けているが、怪しげな行動はまだ起こそうとしない。

隼人は寅之助にまたも頼んで、甚内の見張りにも人手を借りようと考えていた。

その夜、隼人が役宅の自分の部屋で寛いでいると、襖の向こうから声がした。

「どうした」

隼人が声をかけると、下男の杉造が襖を開け、手紙を差し出した。

「飛脚が運んできました。織太郎様からです」

「おう、ありがとう」

どうやら織太郎は早速調べてくれたようだ。

——忙しいところ手数をかけてしまってばかりで、申し訳ねえなあ。

反省しつつ、封を開ける。すると、このようなことが書かれてあった。

養生所のすべての者に道庵のことを訊ねてみると、知っている者もいた。高岡という医者と、中間のうちの二人が知っていた。道庵は三年ぐらい前までは確かに、稀にだが養生所に手伝いにくることもあったそうで、中間と一緒に働いていたようだ。だが高岡も中間たちも、それ以降は道庵とまったく繋がりはなく、彼の診療所を訪れたことなどもないとのことだった。

手紙を読み終え、隼人は顎をさすった。

——なるほど。ってことは二通り考えられるか。一つは、高岡と中間のうちの誰かが偽りを言っていて、本当はいまだに道庵と繋がっている。もう一つは、本当に通じ合っている者はほかの誰かで、その者が道庵など知らないと嘯いているかだ。そのどちらかだが、今度の事件に、さすがに養生所の者までは関わってこねえだろうしなあ。道庵が養生所に手伝いにいっていたってことは、本当のようだがな。

杉造が置いていったお茶を啜りながら、隼人は手紙を読み返した。

亀吉は変わらず、妖薫を見張り続けていた。東仲町にある占い処はもちろん、瓦町にある住処にも目を光らせている。

妖薫は住処を持ちながらも占い処に泊まることもあり、気儘な暮らしを送っていたが、なかなか動きを見せなかった。来る日も来る日も女たちが列を成しているが、妖薫は客の女たちに手をつけることはない。それは亀吉も意外だった。

妖薫は、娘たちを隠したり、手引きしたりしている様子もなかった。だが、破落戸(ごろつき)のような男たちが、時折妖薫を訪ねてくることはあり、そのような者たちとつるんでいるのは確かだ。また住処のほうにはたまに女が訪れることもあったが、妖薫より年上と思われる年増ばかりだった。

神無月も下旬になると、夜は冷え込む。亀吉は懐手で、洟(はな)を啜りながら、占い処を見張っていた。

一日の仕事を終え、五つ半頃、妖薫が占い処から出てきた。妙にめかしこんで、提灯(ちょうちん)を手に、しゃなりしゃなりと歩いていく。なにやら胸騒ぎを覚え、亀吉は気取られぬよう後を尾けた。

妖薫は花川戸町へ向かい、居酒屋に入った。亀吉は外からこっそり様子を窺う。すると少し後から、破落戸風の男が入っていった。髭もじゃの、熊のような大男だ。

亀吉は息を潜めて、妖薫が出てくるのを待つ。どこからか犬の啼き声が聞こえてくる。下弦（かげん）の寒月が浮かぶ夜だ。居酒屋から烏賊（いか）を焼く匂いが漂ってきて、亀吉は唇を舐めた。

暫くすると、妖薫が熊のような大男と一緒に店を出てきた。

――あの大男、如何にも悪党といった面構えだ。悪事の相談でもしていたのか。ようやく動きを見せそうだぜ。

二人は小声でひそひそと話しながら、歩いていく。亀吉は表情を引き締め、後を尾けた。

大きな通りを行き過ぎ、小道にそれ、妖薫と大男はあるところに入っていった。その店の看板を見て、亀吉は目を瞬かせた。

そこは出合茶屋（であいぢゃや）だったのだ。

――そういう間柄ってことか。

亀吉は出合茶屋の傍で見張りを続けたが、ぼんやりとこのような考えが浮かぶのだった。

――妖薫ってのは胡散臭い奴だけれど、今回の事件には関わっていねえんじゃねえかな。

岡っ引きの勘を働かせつつ、亀吉はくしゃみを一つして、洟を啜った。

第四章　妻の遺したもの

一

静観寺から覗く柿の木に生る実は、日ごと色濃くなっている。柿の実が枝から一つ落ちたので、半太はそれを拾って袂(たもと)でよく拭い、齧った。熟れているので、皮も軟らかい。みずみずしくも濃厚な甘みが、半太の口の中に広がった。

七つ近く、日は暮れかかり、どこからか焚火(たきび)で芋を焼く匂いが漂ってくる。柿を味わいながら静観寺を見張っていると、その尼寺を眺めている女がいることに気づいた。

――あの女、確か雪月花に泊まっていた、お幾という者では。

お幾は半太にはまったく気づいていないようで、木陰からそっと尼寺を窺っている。暫くそうしていたが、お幾は強張った顔つきで、その場を離れた。なにやら不穏なものを感じ、半太は食べ尽くした柿の種を吐き出し、お幾の後を尾けていった。

お幾は急ぎ足で今戸橋を渡り、今戸町のほうへと歩いていく。この辺りも、寺が多いところだ。

すると人気の絶えたところで、お幾に声をかける男がいた。破落戸風の、にやけた男だ。

お幾はぎょっとしたように身を竦め、逃げようとしたが、男はお幾の腕を摑んで、寺と寺に挟まれた物陰に引っ張っていった。

半太は近づき、身を潜めながら、二人の話に聞き耳を立てた。

二人は声を潜めていたのであまりよく聞こえなかったが、こんなことを話していた。

「なんで江戸にいるのよ。まだ、『にたやま』を運んでるって訳?」

「そうさ、にたやまを運んでるって訳だ」

「……まさか、あんたたちが、あの娘を」

お幾が男を見据えると、男はにやりと笑った。男はお幾の肩を抱き、顔を近づける。お幾は避けようとするも、男はしつこい。ついにお幾は男の股間を思い切り蹴飛ばし、振り切って逃げた。男は股間を押さえて蹲った。

半太は顔色を変えた。

――お幾が口にした、『あの娘』とは、お初ちゃんのことに違いない。やはりお幾は何かを知っているんだ。

急いでお幾の後を追おうとしたが……何者かが後ろから半太の頭を殴りつけた。半太は崩れ落ち、気を失ってしまった。

気づくと、半太は雪月花で寝かされ、里緒に手当てをされていた。倒れていたところを、盛田屋の親分に助けられたのだ。雪月花には隼人もいた。

「本当によかったわ、ご無事で」

目を開けた半太を見つめ、里緒は涙ぐむ。

「すみません、ご心配かけて……いてっ」

弱々しい声を出す半太の頭に、鈍い痛みが走る。里緒は慌てた。

「大丈夫、半太さん。先ほどお医者様に診ていただいたの。命に関わるほどではないので、静かにしていれば治るそうよ。だから少しの間そのままで、なるべく躰を動かさないようにして休んでいらしてね」

里緒に優しく言われれば、半太は従うしかない。

「分かりました。おとなしくしています。でもおいら、どうしてここに……」

「お前が倒れていたところを、親分が見つけて、助けてくれたんだ。ここまで抱えて運んできてくれたって訳だ。親分にもお礼を言わねばな」

隼人が教えると、半太は恐縮した。

「親分さん、ご迷惑おかけしてしまいました。申し訳ありません」

「いいってことよ。ちょうど今戸のほうの商家に、口入の件で話があって出向いていたんだ。その帰りに、お前が倒れているのを見つけた時は驚いたぜ。女将が言うように、無事でよかったよ。本当にな」

「はい、親分さんのおかげです」

半太の目に涙が滲(にじ)んでくる。半太の頭には晒(さらし)が巻かれていた。寝かされているのは、吾平の部屋だ。火鉢に炭を焚いているので、暖かだった。

半太が少し落ち着いてくると、隼人は訊ねた。

「ところでお前はどうして今戸町にいたんだ。何か動きがあったのか」

「はい。いつものように静観寺を見張っていたら、こちらに泊まっていたお幾らしき女が姿を現したんです」

「まあ、お幾さんが」

里緒は目を見開く。半太は小さく頷いた。

「お幾は暫く静観寺を眺めていましたが、立ち去ろうとしたので、後を尾けようとしたんです。なにやら無性に気になりましたんで」

半太はその後に起こったことも語った。

「破落戸風の男を振り切って逃げたお幾を追いかけようとしたところで、後ろから頭を殴られました」

「殴った者に覚えはねえのか。顔は見なかったのか」

「はい……まったく。破落戸風の男の、仲間だったのでしょうか」

隼人は顎をさすり、考えを巡らせる。

「お幾と破落戸風の男は、『にたやまを運んでいる』などという話をしていたんだな」

「はい。確かにそう話していました」

「にたやまとは、何のことだろう」

腕を組む隼人に、里緒が口を出した。

「仁田山織のことではないでしょうか」

「仁田山織……着物のことか。そういえば、どこかで聞いたことがあるな」

「桐生織のことを、仁田山織ともいうのですよ」

「ふむ。……ではその男は、桐生の機織り業の者だったのか」

「でも、破落戸風でしたよ。とても商人には見えませんでした」

「ならば……桐生の博徒か。やはりお幾と繋がっていたんだな」

隼人、里緒、寅之助は顔を見合わせる。寅之助が身を乗り出した。

「桐生の悪党どもとお幾が組んで、娘たちを巻き込んだ悪事を働いたということで、間違いはねえかと」

「うむ。そのようだな。お幾の行方をどうしても摑んでやるぜ。おそらく、烏山藩の下屋敷でそろそろ賭場が開かれるだろうから、それに集まるんじゃねえかな。その機会を逃さないようにしねえとな」

「もうすぐ磯六が戻ってめえりやすんで、民次と一緒に二六時中見張らせますよ」

「親分、よろしく頼む」

隼人と寅之助は頷き合う。里緒は半太の肩に掻巻をそっとかけ直しながら、ぽつりと呟いた。

「でもどうして、お幾さんは尼寺をじっと眺めていたのでしょう」

隼人は、神妙な面持ちの里緒を見つめた。

「……あの尼寺にも、何かあるのでしょうか。それとも、お幾さんも尼寺に何か悩みを打ち明けにいこうとしていたのでしょうか」

「うむ。尼寺にも引き続き注意しておいたほうがよさそうだな。半太には少し休んでもらいてえので、亀吉に見張らせることにしよう。どうも占い師の妖薫のほうは、いかにも胡散臭い男ってだけで、今回の事件には関わりはなさそうだ」

するとと寅之助が口を出した。

「わっしも気になって、子分たちに妖薫のことを少し探らせてみたんです。奴は両刀遣いらしいですが、女よりも男のほうが好きな変わり者ってことですぜ。それも、毛むくじゃらの熊みたいな男に目がないとか。女は大年増にしか興味がなくて、小娘はまったく眼中にないそうですから、今度の事件には関わってねえと、わっしも思います」

寅之助の報せに、隼人は思わず苦笑する。

——熊みてえな男を好むがゆえに、俺にも迫ったという訳だな。

隼人は呆れたような声を出した。

「まったく、世の中には色々な奴がいるなあ」

「本当ですぜ。変わった奴って結構おりやすよ」

「色々な人がいるから、色々な事件が起きてしまうのかもしれませんね」

里緒も思わず苦い笑みを浮かべた。

するとお竹が襖越しに声をかけた。

「失礼します。磯六さんがお戻りになりました」

「お通ししてください」

里緒が澄んだ声で返事をすると、襖が開き、磯六とお竹が入ってきた。里緒は三つ指をついて、磯六に礼を述べた。

「お務め、まことにお疲れさまでございました。うちの者のために、お手数をおかけいたしました」

「そ、そんな！　女将さんに頭を下げられちゃ、かないませんて。お願いです、どうかお顔をお上げになってくだせえ」

「はい……恐れ入ります」

里緒は姿勢を正した。腰を下ろした磯六に、今度は寅之助が声をかけた。

「ご苦労だった。で、鴻巣の夫婦はどんな様子だったんだ」

「へい。五日の間、変わったことはありやせんでした。あの夫婦がお初さんを隠していることなど、あり得ないと思いやす」

「まあ、そうだろうな。途中、何の連絡もよこさず、こうして戻ってきたんだ。何事も起きなかったってことは分かるぜ」

寅之助と磯六の遣り取りを聞きながら里緒の顔が曇ったことを、隼人は見逃さなかった。

――里緒さんは、願わくば、お初は鴻巣の夫婦のもとにいてほしかったのだろう。それならば、まだ安全だからな。

隼人が里緒の顔色を窺っていると、半太が身を起こそうとした。

「じゃ、じゃあ、やはりお初ちゃんも悪党どもに連れ去られて……いててっ」

「駄目よ、半太さん。ちゃんと寝ていなければ」

里緒が搔巻の上から、そっと半太を押さえる。隼人は溜息をついた。

「お幾の仕業だったのだろうな。お幾は、目ぼしい娘たちを物色するために江戸へ来て、ここに長逗留していたのだろう。そして人の目を盗んでは、お初やそのほかの娘たちに声をかけ、甘い言葉で誘っては、どこか……恐らく下屋敷に隠してしまったのだろうな」

隼人の言葉に寅之助たちは頷くも、里緒は顎に指を当て、小首を傾げた。

「でも……半太さんのお話によりますと、お幾さんは破落戸風の男の人を振り切って、逃げたのでしょう。一緒に悪事を働いている仲間ならば、そのようなことはしないのではないでしょうか」

里緒の推測に、隼人は一瞬言葉を失う。黙ってしまった隼人に代わって、寅之助が答えた。

「仲間割れでもしたんでしょうかね。仲間内で揉めているんだったら、暫くの間は動きを見せねえかもしれやせん。隠した娘たちをどこかに運ぶとしたら、揉め事が落ち着いてからじゃねえかと」

「うむ、そうだろうな。……もしや、お幾が気にしていた二十九日ってのは、娘たちをどこかに運ぼうと予定していた日だったんじゃねえかな。今日が二十五日だから、四日後だ」

皆の顔が強張る。

「仲間内で本当に揉め事が起きていたとしやしたら、奴らは予定を延ばすかもしれやせんが、用心に越したことはありやせんぜ」

「うむ。二十九日に注意して、さらに厳重に見張ることにしよう」

寅之助は磯六に告げた。

「明日から民次と交替で、深川の烏山藩の下屋敷を見張ってくれ。今日はゆっくり休んでいいからな」

「はい、承知しやした」

磯六は顔を引き締め、頷いた。

そこへお栄が、磯六へ料理を運んできた。

「鰻の柳川風です。お腹が空いてますでしょうから、磯六さんに先にお出ししますね。ほかの皆様はもう少しお待ちください。今、作っていますので」

お栄に出された丼を眺め、磯六は舌舐めずりした。甘辛いような、なんとも濃厚な匂いが漂っている。

蒲焼きにした鰻と、ささがきにした牛蒡が、卵で綴じられてご飯に載っている。磯六は堪らずに早速頬張り、満面に笑みを浮かべた。

ふっくらとした芳ばしい鰻に、甘みのある卵が絡んで、それに歯応えのある牛蒡が味わいを添える。ご飯と一緒に嚙み締めれば、うっとりとしてしまう。寒い季節の鰻は肥っているので、一段と美味なのだ。

言葉もなく夢中で搔っ込む磯六を、里緒たちは温かな眼差しで見つめていた。

少し経ってお栄と幸作が、皆の分の料理も運んできた。入口を閉じて錠を下ろしたので、吾平もやってくる。こうして一同、吾平の部屋で鰻の柳川風を味わうこととなった。

里緒は半太を気遣った。

「食べられますか。半太さんには、幸作さんが特別に卵のお粥を作ってくれたのだけれど」

「あ、はい。少しなら食えそうです」

里緒は卵を割り入れたお粥をゆっくりと搔き混ぜ、匙で掬って、床で半身を起こしている半太の口元にそっと運ぶ。それを味わい、半太は微かな笑みを浮かべた。

「旨いです。温まります」

「そう、よかった」

里緒もつられて微笑む。隼人は鰻を頰張りながら、甲斐甲斐しく世話をする里緒を、横目で窺っていた。

食べ終わると、お竹とお栄が、酒とお茶を運んできた。

「お好きなほうをお飲みくださいね。あ、お酒がよろしい方は」

お竹が訊ねると、吾平と寅之助と磯六そして幸作が挙手をした。吾平と寅之助にはお竹が、磯六と幸作にはお栄が酌をする。

里緒と隼人はともにお茶で喉を潤した。半太もお茶を一口、二口、啜った。

里緒は磯六に告げた。

「磯六さん、お好きなだけお呑みくださいね」

「いや、もう充分です。鰻、本当に旨かったです。明日からまた張り切っちまいますよ」

「頼もしいぜ、磯六」

隼人が磯六の肩を叩いた。

すると襖が開き、誰かがふらふらと入ってこようとした。どうやら泊まっているお客が深酒した挙句、厠と間違えたようだ。

「あれ、ここどこ?」

などと素っ頓狂(すっとんきょう)な声を上げる。

「ここじゃありませんよ。あっちです」

吾平が立ち上がり、お客を厠へ連れていった。お竹は苦笑いでお茶を啜る。

「こういうこと、たまにあるんですよ。前にも、厠と間違えて、夜更けに私の部屋に乱入してきたお客さんがいましてね。ここは厠じゃありませんって言っても、酔っ払っているから聞く耳持たなくて、しまいには暴れ出して怖かったんです。まあ、吾平さんが来て押さえつけて静めてくれたので、助かりましたよ」

「そういえばあったわね、そんなこと。やはり男手があると心強いのよね」

「うむ。雪月花の常連の客たちはともかく、初めて訪れる客の中には油断できねえ者もいるであろうから、気をつけるように」

「はい」

隼人に注意され、里緒とお竹は素直に頷く。吾平が戻ってきて腰を下ろすと、隼人が酒を注いだ。

「旦那、ありがとうございます」

酒を啜って息をつく吾平に、隼人が訊ねた。

「さっきの酔っ払ったお客は、常連なのか」

「ええ。春夏秋冬と、季節ごとに必ず泊まりにきてくださいますよ。いい方なんですが、呑兵衛でね。まあ、それでも常連の皆様には、感謝の限りですよ。消えた娘たちの何人かがうちに泊まっていたってことで、予約していたのに断りを入れてきた方たちがいましたからね。でも、常連の方々は予定どおり泊まってくださって、励ましてくださるんですよ。ありがたいことです」

里緒も大きく頷く。

「本当に。あれこれ噂をする人たちもいて、世知辛いと思うこともありますが、心優しいお客様たちに支えられて、なんとかやっております」

「うちの馴染みのお客様にはいい方が多いので、思ったほど商いに影響は出ていませんよ」

里緒と吾平の話を聞き、隼人は笑みを浮かべた。

「それは、普段の心がけがよいからだな。雪月花の皆の、心の籠ったもてなしを知っている者ならば、この旅籠が何かの事件に多少関わっていたぐらいでは動じないだろう。しかしながら、誤解を受けたままでは悔しいだろうから、早く真相を明かさなければ」

「鴻巣の夫婦も言ってましたぜ。雪月花はとてもいい宿だった、って。娘さんの一周忌を済ませて、胸の痛みを癒すための旅だったそうですが、ここの落ち着いた雰囲気がとても心地よかったそうです。隅田川を望む景色も素晴らしく、料理も美味で、それでつい気分が高揚して、お初に色々話しかけてしまったと言ってましたぜ」

「そうだったの……」

寅之助の話を聞きながら、里緒は俯く。すると、磯六もこのような話をした。

「親分と俺が鴻巣を訪ねた次の日の朝早く、あの夫婦が一緒に家を出てきたんです。それで気になって後を尾けていくと、夫婦が向かった先は小さな神社でした。そして二人は、まだ薄暗い中、お百度参りを始めたんです。手がかじかむような寒さなのに、二人とも裸足(はだし)で。『お初ちゃんが一刻も早く見つかりますように、無事でありますように』って祈り続けて、百回繰り返した時には、すっかり明るくなっていやした。あの夫婦、俺が見張っていた五日の間、毎日それを続けていたんです」

俯いた里緒の目から、涙がこぼれる。白髪交じりの夫婦の、優しい笑顔を思い出したのだ。

磯六の話に、皆、俯いてしまった。涙ぐむお竹の背を、吾平がそっとさする。お初を雪月花に紹介したのはお竹なので、気丈に振る舞ってはいてもやはり責任を感じているのだろう。吾平も沈痛な面持ちだ。この二人はあの夫婦と歳も近いので、よけいに気持ちが分かるのかもしれなかった。

お栄が洟を啜りながら、大きな声を上げた。

「大丈夫です。鴻巣のご夫婦がお百度参りまでしてくださったんですもの。お初ちゃん、必ず無事に見つかります」

「そうね……私もお栄さんの言葉を信じるわ」

涙を拭いながら、里緒が頷く。すると半太が身を起こそうとした。いても立ってもいられないのだろう。

「旦那、おいら、もう大丈夫ですので、明日から見張りに戻ります」

だが激痛が走ったようで、いてえっと再び叫んで、起き上がることはできなかった。隼人は強い口調で告げた。

「半太、お前はとにかく静かにしていろ。その状態じゃ、まだ無理だ。番頭、申し訳ねえが、今夜はこいつを泊めてやってくれねえか」

「もちろんです。今夜だけとは言わず、体調がよくなるまで、うちで預からせてもらいますぜ。お初のために働いてくれた、名誉の負傷ですからな」

「よろしく頼む。感謝するぜ」

隼人は吾平に深々と頭を下げた。

夜も遅いのでそろそろ引き上げようということになり、隼人と寅之助と磯六それに幸作が立ち上がった。里緒は四人を、外まで見送った。

「遅くまでお邪魔して、申し訳なかった。里緒さん、ゆっくり寝んでくれ。めっきり肌寒くなってきたから、風邪を引かぬようにな」

「はい。山川様も」

隼人は里緒に微笑み、寅之助たちと一緒に去っていった。

里緒が持たせてくれた提灯を提げ、男たちは四人並んで歩いた。星は煌々と輝き、吐く息が白く煙る。

「どうもお疲れさんでした」

寅之助たちは近くに住んでいるので途中で別れ、隼人は八丁堀の役宅に戻るため、吾妻橋の辺りで猪牙舟に乗った。

夜の大川を舟で揺られながら、隼人は思いを巡らせていた。

——半太の奴、やけに熱くなっているな。……あいつ、もしやお初に気があるんじゃねえか。

隼人の顔に、不意に笑みが浮かぶ。

——まあ、人に好意を持つのはいいことだ。若いんだしな。

滔々と流れる夜の大川を眺めながら、隼人の脳裏に、涙をこぼした里緒の顔が浮かんだ。

――早いところお初を見つけ出さなくては。……里緒さんの悲しげな顔は、見たくねえからな。

冷たい夜風が吹き過ぎて、隼人は首に巻いた襟巻に頰を埋めた。

二

次の日の朝、里緒は早く起きて、一人で板場に立った。襷がけをし、あるものを作り始める。火を焚き、湯を沸かすうちに、冷え冷えとした板場も暖まっていく。里緒は板場にある食材を眺めながら、考えた。

「どれを使えばいいのかしら」

あるものに決め、それをほかの材料と溶かし合わせていく。

手探りで作り上げた料理を一口食べ、里緒は首を傾げた。

「……やはり、寒晒粉ではなかったみたい」

どうやら材料選びに失敗してしまったようだ。

「では、いったい何だったのかしら」

里緒は溜息をつき、顎に指をそっと当てた。

隼人は亀吉に、妖薫の見張りから切り上げさせ、今度は静観寺を見張らせることにした。

「お幾が静観寺を眺めていたってのは、やはり気になるからな」

「かしこまりやした。もしかしたら、お幾はまた来るかもしれやせんね」

「うむ。亀吉、そうしたらお幾にどうにかして近づいてくれねえか」

「婀娜（あだ）っぽい女だから、酒でも呑ませて、色々聞き出しちまうってのも一つの手だ。亀吉、お前ならできるぜ」

亀吉は、鼻の頭を少し掻いた。

「へへ。巧くいくかどうか分かりやせんが、やってみますぜ。お幾が現れたら、決して逃がしやせん」

「頼もしいぜ、色男」

「任しておくんなせえ」

亀吉は一礼し、静観寺のある新鳥越町へと駆け出していく。隼人は懐手で、手下の後姿を見送った。

雪月花では吾平が顰め面をしていた。半太がどうしても仕事に戻りたいと言ってきかないのだ。

半太は午頃になると起き上がれるようになったので、出ていこうとするのを、吾平とお竹が必死に止めた。

「せめて今日一日ぐらいは静かにしていろ」

「おいらだけのんびり寝ていられませんよ」

押し問答となっているところへ、里緒が割って入った。

「半太さん、お願い。私たちの言うことを聞いて。お初さんのことで皆、心配が募りに募っているところに、無理をして半太さんまで本当に具合が悪くなってしまったら、私たちの立つ瀬がないのよ。だからもう一度お医者様に診ていただいて、判断していただきましょう。もしお許しをいただけたら、明日からでも復帰してください。でも今日ぐらいはゆっくりして。無理をして半太さんにもしものことがあったら……私」

里緒に潤んだ目で見つめられ、半太は言葉を失ってしまう。半太は少し考え、頷いた。

「分かりました。女将さんの仰ることを聞きます。でも、もし本当にお医者の許しをもらえたら、戻らせてください。明日でいいですから。今日は我慢します」

里緒は笑顔で頷き返した。

「分かってもらえて嬉しいわ。では、今からお医者様を呼んできますね」

「いいですよ、女将。私がひとっ走り行ってきますから」

お竹が部屋を飛び出していく。吾平は半太の肩に手を置き、床に臥せさせた。

「お前さん、若いってもな、無茶するのはよくねえよ」

「……すいません。おいら莫迦なんで、無鉄砲なところがあるんですよね。昔から」

「まあ、そういう熱い気性は、岡っ引きにはぴったりだろうけどよ」

吾平は苦笑する。里緒は半太の額に手を当て、熱を見ながら、微笑みかけた。

「山川様はよく褒めていらっしゃるわよ、半太さんのことを。しっかり仕事をしてくれて、素直で優しい心を持っている、頼もしい手下だ、って」

半太は目を瞬かせた。

「……旦那、そんなことを言っていたんですか、おいらに対して」

「ええ。半太さんは山川様にとって大切な方なのですから、お預かりしている私たちも責任を感じるの。だから、くれぐれも無茶はなさらないでね」

「合点承知……です」

里緒の白い手の温もりを額に感じながら、半太は頰を仄かに赤らめた。

隼人は深川へ赴き、烏山藩の下屋敷へと向かった。今日から盛田屋の民次と磯六が交替で付きっ切りで見張ることになっている。

その道すがら、隼人は考えていた。

――あの下屋敷は、小野を斬った甚内が現れるかと思って見張り始めたが、いつのまにやら娘たちの隠し場所なのではという疑いに変わってしまったな。

そしてある疑念が浮かび、隼人は思わず足を止めた。

――下屋敷に本当に娘たちが隠されているとしたら……もしや、小野が藩主に直訴しようとしたのは、下屋敷が悪党どもの巣窟になっているということなのでは？　それを阻止したのであるから、悪党どもと甚内、その元上役は繫がっていることになる。娘たちの勾引かしには、烏山藩の勘定方も関わっているってことなのだろうか。

下屋敷に踏み込めぬ以上、娘たちを運ぼうとして外へ出た時に捕らえるしかない。

――娘たちをどこかに移すのならば、夜だろうな。まあ、やれるものならやってみやがれ。俺だけでなく、民次に磯六、船手同心、定橋掛同心たちだって目を光らせているのだからな。

曇り空の下、隼人は深呼吸をして、再び歩き始めた。

下屋敷に着くと、民次が見張っていた。

「ご苦労。動きはねえようだな」

「へい。今のところ何もありやせん。賭場もこのところ開かれておりやせんぜ」

「うむ。まあ、嵐の前の静けさかもしれねえから、しっかり見張っておいてくれ。……これ、よかったら食ってくれな」

「あ、すいやせん、お気遣いいただいちまって。ありがたくいただきやす」

「甘いものだが大丈夫かい。俺は大好物なんだが」

「へい。あっしも大好物です」

民次は強面の顔をほころばせ、隼人の差し入れの今川焼を頬張った。熱々の今川焼を齧ると、芳ばしい皮と、甘い餡子の味が溶け合って、口の中に広がる。

民次は明け六つから暮れ六つまで見張り、暮れ六つから明け六つまで磯六が見張るようだ。

「引き続き、よろしく頼んだぜ」

隼人は民次に丁寧に頭を下げ、去った。

奉行所に戻るつもりだったが、千住宿の甚内の住処を訪れることにした。さすがに焦れてきて、甚内を番屋に引っ張って、無理やりにでも聞き出そうと思ったのだ。

――あいつを吐かせるのが、一番手っ取り早いだろう。どうにかして、小野を殺ったことと、烏山藩の悪事、下屋敷の中のことを、洗い浚い吐かせちまおう。

隅田川を猪牙舟で上りながら、隼人は勢い込む。寅之助に頼んだので、今日から若い衆の康平が甚内を見張ることになっていた。康平は隼人より一足先に、到着しているはずだ。

千住大橋で舟を降り、甚内の住処に急ぎ足で向かうと、康平が隣の住人となにやら揉めていた。

「おい、どうした」

隼人が割って入る。どうやら康平がここに来たら、既に甚内の姿はなく、隣に住む鍛冶職人に、「奴はどこに行ったんだ」と食いついていたようだ。鍛冶職人は、うんざりした顔で答えた。

「甚内さんがどこへ行ったか、本当に分からないんですよ。昨日から帰ってきてません。どこかに旅にでも行ってしまったんですかねえ。今の時季なら、温泉かな。まあ、あの人は数日家を空けるなんてこと、よくありやすからね」

「昨日の昼はいたよな。俺がこの目で見た。夜からいなくなったのか」

「ええ、そうです。五つ頃から出かけてしまいやした」

「そうか」

肩を落とす隼人に、康平は謝った。

「少し遅かったみてえです。すいやせんでした」

「お前さんのせいじゃねえよ。謝らなくていいぜ。甚内はいつまた不意に帰ってくるかも分からねえから、暫く見張っていてくれねえか。一日中引っ付いているなんてことは無理だろうから、時間のあるときで構わねえ。お願いできるかい」

「分かりやした。できる限り、力添えさせていただきやす」

康平は浅黒く精悍な顔を、さらに引き締めた。

隼人は康平を置いて、千住宿の旅籠を色々当たってみた。だが、甚内はどこにもいないようだった。

──飯盛り女と遊びながら、どこかの旅籠に入り浸っているかと思ったが、違うか。ってことは、もしや身の危険を察知して、どこかに逃げちまったかな。

悔しさが込み上げてきて、隼人は顔を顰めた。

隼人は千住から奉行所に戻り、暮れ六つを過ぎた頃に再び深川の下屋敷へ向かい、見張りを交替した磯六にも差し入れを渡した。民次の時と同じく、熱々の今川焼だ。

「ありがてえです。俺、大好きなんですよ、今川焼のこの分厚いところが。食べ応えがありやす」

「おう、旨いよな。俺も後で買って帰るわ」

「旦那のおかげで、朝まで頑張れそうですぜ」

磯六は早速頰張りながら、思い出したように隼人に告げた。

「そういや、半太さん、医者のお許しが出たそうで、明日から復帰するらしいですよ。親分が言ってやした」

「え、そうなのかい。明日からって、そんなに早く動いて大丈夫なんだろうか」

「医者が言うんだから、大丈夫なんじゃねえでしょうか。なんでも半太さん、早く仕事がしたくて仕方がねえそうです。雪月花のお竹さんや番頭さんがいくら止めても聞かねえらしくて。まあ、もう動けるそうですからね。治りが早いって、医者も驚いていたって話で」

「半太は若えからなあ。二十二だから、お前さんと同じぐらいか」

「俺より一つ下ですぜ。まあ俺なんかでも、風邪や怪我なんかは気合で治しちまいますけどね」

「病は気から、か。若えっていいなあ」

しみじみ呟く隼人の傍で、磯六はぺろりと一つ平らげ、二つ目の今川焼を頬張っていた。

すっかり日が暮れた町を歩きながら、隼人は考えていた。

──では半太には明日から、亀吉と交替でまた尼寺を見張ってもらうか。無茶はさせたくねえが、本人がどうしても仕事をしたいって言うのなら、やらせてやるほうがいいかもしれねえしな。

途中で今川焼を買い、それを頬張りながらまた歩く。

──半太を殴ったってのは、いったい誰だったんだろう。やはり桐生の破落戸たちの誰かだろうか。半太がお幾を尾けていこうとした時、耳にしたという『にたやま』ってのは、仁田山織のことだと里緒さんが教えてくれた。その時も思ったが……仁田山織って言葉を、前にもどこかで耳にしたことがある。いつ、誰から聞いたんだろう。俺は召し物などにはとんと疎いから、よく思い出せねえ。

ぼんやりと考えながら、隼人は今川焼を嚙み締める。今川焼の包みを持っていると、手までも温もった。

隼人が役宅に戻ると、下女のお熊が出迎えた。

「志津様がいらっしゃってますよ」

「そうか」

姉の志津は、織江の遺品を整理していた。隼人は男であるし、色々なことを思い出してしまうのが辛くて、この二年の間、妻の遺品に触れることができなかった。だが、三回忌も終わったことであるし、自分の気持ちに区切りをつけるために、遺品の整理を姉に頼んだのだ。

「姉上、すまぬな。遅くまで」

「いいのよ。……実はね、頼まれて、ちょっと安心したの。隼人の気持ちは重々分かるけれど、いつまでも亡き人を思い続けるというのはね。幸せを逃がしてしまうことにもなりかねないもの」

志津はさりげなく口にしたものの、その言葉の重みが隼人の胸にひしひしと伝わってくる。黙ってしまった隼人に、志津は笑みをかけた。

「織江さんは几帳面でいらしたのね。簞笥も行李もきちんと整えられていたわ」

「着物や簪などで気に入ったものがあれば、持っていってください」

「ありがとう。……あ、そうだ。こんなものを見つけたのよ」

志津は、梔子色の着物と、紙片を隼人に差し出した。

「この着物に、この紙片が丁寧に包まれていたの」

着物などには疎い隼人だが、その梔子色の着物には覚えがあった。隼人の母親が織江に譲った、桐生織の着物だ。

その時、隼人の記憶が蘇った。

仁田山織という言葉をどこかで聞いたことがあると思ったが、いつか織江がぽつりと口にしたのだった。

隼人の母親からその桐生織の着物を譲られた時、織江は「素敵な……仁田山織ですね」と言ったのだ。

それは確か、織江が殺められる数日前だった。そしてその頃から、織江は少し様子がおかしかったのだ。心ここにあらずといったようで、目もどこか虚(うつ)ろだった。

隼人は急に胸騒ぎを覚え、微かに震える手で、その紙片を開いた。その紙片には、このようなことが書かれてあった。

《隼人様へ

人参、豆腐、ひじき、椎茸、卵、片栗粉

人参、蓮根、小松菜、大根の葉、ドクダミ、ユキノシタ、葛

織江》

――なんだろう、これは。

隼人は目を瞠(みは)った。隼人様へ、とわざわざ記されているということは、隼人に何かを伝えたかったのだろう。

――何かの料理を意味しているのだろうか。しかし俺は料理がまったくできないので、食材だけを書かれても、何が何やらさっぱり分からない。

隼人は頭を抱えてしまった。

「何が書かれていたの」

志津が心配そうに、声をかけてきた。隼人は紙片を見せたが、志津も首を傾げるばかりだ。

「どういう意味なのでしょう。これで何かを作ってほしいということかしらね」

志津も実は料理が苦手ということを、隼人は知っている。隼人と同じく大柄な志津は、幼少の頃より女だてらに薙刀など武芸に精を出し、巴御前の再来と謳われたほどの腕前であった。一方、料理や裁縫などはからきし不得手で、嫁ぎ先で姑や下女にしごかれて、まともな料理が作れるようになってきたのは、つい最近のことだ。

その志津が、食材のみの記述から何かを推測するのは、無理のようだった。

そこで隼人は、杉造とお熊にも紙片を見せてみたが、二人ともきょとんと目を丸くする。

「これらで煮物を作ると旨いってことですかね」

「でも、ドクダミなんか入れる煮物なんてありますかね。あんまり美味しくなさそうですよ。葉っぱは天麩羅にすると美味しいですがね」

「じゃあ、片栗粉とも書いてあるから、これで天麩羅を作れということでしょうか」

　隼人は腕を組んだ。

「うむ。だが、この食材一つ一つで天麩羅を作ったところで、織江は俺に何を伝えたかったんだろう」

「美味しいから是非食べてください、ってことですかね。でも、ご新造様は、天麩羅などお好きでしたっけ。杉造さんや私が作るのは、煮物や焼き魚が主だから、よそで召し上がってらしたんでしょうか」

　お熊が低いだみ声を響かせる。杉造が相槌を打った。

「ご新造様自ら料理をお作りになる時も、煮物と焼き魚がほとんどでしたよね。あとは玉子焼きや、魚の煮つけがお得意でした」

「うむ。そうだったな」

　隼人は頷いた。

――織江の作る煮物は、素朴だけれど味が染みていて実に旨かった。その煮物だけで、俺は充分だったんだ。

隼人は再び紙片に目を落とす。

――いくら思い出しても、織江が煮物を作る時に、これほど多くのものを使っていたことなどなかった。とすると、これは煮物を意味した記述ではなく、別の料理を意味しているのだろう。ではやはり、天麩羅か。天麩羅を作って食べれば、何かが分かるのだろうか。

隼人は、人参という食材が二度書かれていることも気に懸かった。

「旦那様、これから何かを作るにしても、この中で今うちにあるのは椎茸と大根ぐらいですよ」

「うむ。もうよいぞ、お熊。恐らくこれはただの食材の記述ではなくて、何か意味があるだろうから、もう少し考えてみよう。騒がせて悪かったな。ゆっくり休んでくれ。杉造、お前は姉上を送ってくれねえか。こんな刻限だからな。よろしく頼む」

「かしこまりました」

杉造は一礼し、志津に付き添い、役宅を出た。

静かになった部屋で、隼人は炬燵にあたって、お熊が淹れてくれたお茶を啜った。外は木枯しが吹いているようだ。雨戸が音を立てる。隼人は、織江が残した紙片を、暫く食い入るように見ていた。

第五章　里緒のひらめき

一

次の日の朝、隼人の役宅に、寅之助に付き添われて半太が訪れた。

「お医者の許しを得ましたんで、今日から復帰させてもらいます」

半太の頭にはまだ晒が巻かれているが、足取りや言葉はしっかりしている。隼人は半太を眺めながら、頷いた。

「どうしても働きたいみてえだな。お前のその根性、恐れ入ったぜ。じゃあ、頼むとするか。亀吉と一緒に、再び静観寺を見張ってくれ。いいか、暫く二人がかりで見張るんだ。もしお幾が現れたら、亀吉に教えろ。今度は亀吉に尾けてもらうからな」

半太は力強く頷いた。

「はい、合点承知」

だが痛みがまだ少し走るのか、半太は頭を押さえて、顔を顰めた。そんな半太に、隼人は苦笑いだ。

「半太、途中で具合が悪くなったら、亀吉に任せてさっさと切り上げろよ。いいか、決して無理するんじゃねえぞ」

半太の背中をさすりながら、寅之助が口を挟んだ。

「旦那、わっしも目を光らせておきやすから、ご心配なく。静観寺はうちから、そう遠くありやせんからね。子分たちも使ってちょくちょく見廻りして、半太の様子を窺っておきます。顔色が真っ青になったりしていたら、すぐにやめさせますんで」

「それは頼もしい。親分、すまんな。いつも世話になっちまって。手下のことまでよ」

「旦那、いいってことですぜ。その代わりといってはなんですが、山之宿に何かありました折には、よろしくお願いいたしやす」

「うむ。任せておけ。できる限りの力になるぜ。半太、親分にくれぐれも礼を言うように」

「はい……。親分さん、お心遣いありがとうございます。ご迷惑おかけして、申し訳ありません」

「いやいや、お前の心意気、わっしも買っているぜ。お前はまだ若えんだから、迷惑かけるのも大いに結構だ。迷惑かけて、迷惑かけられて、人は成長していくってもんだぜ」

寅之助に背中をどんと叩かれ、また違う痛みが走ったのか、半太は顔を顰めつつ苦笑いを浮かべた。

日中、隼人も、半太と亀吉の様子を窺いにいった。二人は少し離れた場所で、半纏に首を埋めながら熱心に尼寺を見張っている。隼人が差し入れを渡すと、二人とも顔をほころばせた。

「来る途中、花川戸の店からあんまり旨そうな匂いが漂ってくるんで、つい買っちまったぜ。饅頭の中に、炒めた葱と味噌餡を混ぜたものが入ってるんだ。一つ食ってみたが、いけるぜ。甘くねえ饅頭ってのも、なかなかいいもんだ」

「そりゃ珍しいですね。いただきます」

「うわ、ほかほかだ。旦那、ありがとうございやす」

半太と亀吉はかぶりつき、目を細める。半太の様子に別段変わったことはなく、隼人は安心した。


隼人は勤めを終えると、雪月花に向かった。軒先にかかった、雪月花と書かれた行灯の柔らかな明かりを見ると、隼人の心は癒されるのだ。

「隼人様、いらっしゃいませ」

里緒は変わらず笑顔で迎えてくれる。だが、やはりどこか元気はなかった。

隼人は里緒の部屋へ通された。五つ近く、女人の部屋を訪れるには遅い刻だが、雪月花はこの頃がちょうど手すきとなる。それゆえ落ち着いて話すことができるのだった。

「今日も一日、お疲れさまでした」

里緒は嫋(たお)やかな仕草で、隼人にお茶を注ぐ。それを啜って一息つき、隼人は切り出した。

「お初の件とは関わりがなくてすまねえんだが、お願いしてえことがあるんだ」

「はい、どのようなことでございましょう」

　里緒は姿勢を正す。隼人は懐から紙片を取り出し、里緒に見せた。

「俺の妻だった織江が残したものだ」

　里緒は隼人を見つめた。隼人はお茶をまた一口啜り、続けた。

「三回忌を終えて、切りがいいと思ったので、姉上に妻の遺品の整理を頼んだのだ。そしたら、この紙片が見つかった。着物に包まれていたんだが、桐生織……仁田山織の」

　里緒は黙って話を聞いている。

「この前、里緒さんが教えてくれただろう、桐生織を仁田山織とも言うと。その仁田山織というのを、俺はどこかで聞いたことがあると思ったんだ。でも、どうしても思い出せなかった。……だが、妻の遺品を見て、思い出したんだ。妻がぽつりと口にしたことだった。殺められる数日前に」

「仁田山織と仰ったのですね」

「そうだ。俺の母上から譲られた着物を見て、そう言った。その時俺は、少し違和感を覚えたんだ。なぜなら、母上は、こう言って妻に着物を渡した。『綺麗な色の桐生織でしょう、私にはもう似合わないから、織江さんに譲るわ』と。桐生織と言っているのに、織江は、どうしてかそれを受け取って、こう言った。『素敵な仁田山織ですね』と。だから俺は、妻が何か勘違いしたのかと思ったんだ。桐生織を仁田山織とも言うことを、その時は知らなかったからな。しかしながら、召し物に疎い俺には正直どうでもいいことだったので、妻を問いなおすこともなかった。母上も笑顔で頷いていて、別に場の雰囲気が悪くなることもなかったのでな。だが……今にして思うと、妻の様子はその頃から少しおかしかったんだ。もしや、その時、桐生織をわざと仁田山織と言ったのだろうか。もしくは、何か気懸かりなことで心の中が一杯になっていて、その思いが、考えもなく口走らせたのではないかと」

「確かに、ご新造様が隼人様にお伝えしたかったことが紙に認(したた)められ、その仁田山織の着物に包まれていたことは、気になりますね。……この食材の記述は、いったい何を意味しているのでしょう」

紙片を眺め、里緒は首を傾げる。隼人は里緒に頭を下げた。

「妻が何かを伝えたかったのは分かるのだが、俺一人では、この謎が解けねえ。姉上や下男や下女も、分からないようだった。お願いだ、里緒さん、力を貸してくれ。頼む」

里緒は隼人を見つめ、頷いた。

「かしこまりました。ご新造様が隼人様にお伝えしたかったこと、必ず探り当てみせます」

隼人は顔を上げ、里緒を見つめ返す。

「ありがとう、里緒さん。恩に着る」

「まだ探り当てた訳ではございませんので、お礼を仰るのは早いですわ。少し時がかかってしまうかもしれませんが、お待ちいただけますか」

「もちろんだ。本当にすまねえ。お疲れのところ」

項垂れる隼人に、里緒は微笑んだ。

「お初さんのことでお力添えいただいているのですもの、こちらも隼人様のお力に少しでもなれれば、嬉しく思いますわ。ところで食材のうち、ユキノシタは今うちにないと思うのですが、それは抜きで作ってしまってもよろしいでしょうか。ドクダミは常備しているのですが」

ドクダミはジュウヤク（十薬）とも呼ばれ、多くの薬効があるので、雪月花にも常に置いてあった。

「もちろんだ。一つぐらい欠けても、たいして変わらんだろう。これだけの食材のうち、ないものが一つだけとは恐れ入る。うちなど、昨夜、あるものが二つだけだったからな」

「それが普通なのかもしれません。うちは旅籠ですので、色々置いてあるのです。……でも、ユキノシタといいますのも、なにやら気になります。これを料理に使うといいますのは」

里緒は顎に華奢な指を当てて少し考えるも、隼人に再び微笑んだ。

「とにかく、探り当てられますよう、努めてみます。お待ちくださいませ」

そう言って、里緒は部屋を出ていった。その毅然とした後姿を、隼人は目を細めて眺めた。

里緒は板場に立った。幸作は帰ってしまったので、心置きなく料理をすることができる。白藍色の着物に襷がけをして、里緒は紙片をもう一度よく見る。料理に察しをつけると、人参の皮を剥き、千切りにしていった。

隼人は恐縮しつつ、里緒を待っていた。里緒の部屋は相変わらず綺麗に整えられ、白檀の馨しい薫りが漂っている。床の間と仏壇には、薄紫色の菊の花が飾られていた。

静かな部屋に、炬燵の中の火鉢がぱちぱちと弾ける音が響く。艶やかな牡丹の柄の炬燵布団の中で、隼人は手を擦り合わせた。

暫くして、里緒が料理を持って戻ってきた。

織江が残した記述から、里緒が作ったもの。それは、『がんもどきの野菜餡かけ』だった。

白磁色の器によそわれたそれを、隼人はじっと眺める。里緒は澄んだ声を響かせた。

「記されておりました、人参・豆腐・ひじき・椎茸・卵・片栗粉でがんもどきを、人参・蓮根・小松菜・大根の葉・ドクダミ・葛で野菜餡を作ってみました。……先ほども申し上げましたが、ご新造様が隼人様にお伝えしたかったことが、仁田山織の着物に包まれていたというのは興味深いですね」

着物に詳しい里緒は、仁田山織についても明るく、隼人にその説明をした。仁田山織は、桐生織のかつての呼び名だ。

ではなにゆえに仁田山織と呼ばれていたかというと、それは白滝姫の言い伝えに詳しい。桓武天皇の時代、京から上野国へ嫁いだ白滝姫が桐生に来た時、桐生の山々を見て『あれは京で見ていた山に似た山だ』と言ったことから、その辺りを仁田山といい、特産品となった絹織物を仁田山織というようになった。「似た山」が「仁田山」になった訳である。江戸時代の前期までは、桐生織は仁田山織と呼ばれていたのだ。

仁田山織の紬は、上方の紬と比べて品質が劣っていたが安価だったために、室町時代には近隣に流通していた。江戸時代には品質がよくなったが、上方では田舎反物と軽んじられ、「仁田山」と言えば、似て非なるもの、偽物やまがい物の比喩でもあった。

「西の西陣・東の桐生と言われるほどでありますが、西陣からしてみれば自分たちの技法を真似しているように見え、桐生織のことを、西陣もどきと蔑んでいるのかもしれませんね」

里緒の説明に、隼人は神妙な顔つきでがんもどきを眺める。里緒は続けた。

「ご新造様は……何かのもどき、偽物をお知りになってしまい、そのことをお伝えになりたかったのでしょうか。記述の中に、人参が重複して書かれているのがやはり気になりますね。ドクダミやユキノシタや葛など、薬草が記されているのも気になりました。……きっとご新造様は、何かをお知りになってしまい、それを隼人様にお伝えしたかったけれども、あまりに重要なことなので恐ろしくて口にすることができなかったのではないでしょうか。おとなしいご性分の方なら、なおさら。それで……万が一にも自分に何かがあったら気づいてほしいという思いを籠められて、このような記述を残されたのではないかと」

隼人は掠(かす)れる声を出した。

「妻は、御薬園同心の娘だったんだ」

人参、薬草、もどき……偽物。

隼人の頭の中で、すべてが繋がっていく。

希少な高麗人参は非常に高い。まさか、その偽物が出回っているということなのだろうか。御薬園、つまり養生所までにも……。

織江はその高麗人参のことを知ってしまったがために殺されたのだろうか。その憶測はあながち間違っていないかもしれない。小石川養生所がかなり腐敗しているということは、隼人も知っている。

――そういえば織江は死ぬ少し前、早朝に養生所へ手伝いにいったことがあった。そして織江はその時から、少し様子がおかしくなったんだ。ぼんやりすることも多くなった。もしやその時、何かを見てしまったのだろうか。何かのはずみで、高麗人参の偽物に関することを知ってしまったのだろうか。

隼人は押し黙る。

里緒は隼人の顔色を窺いながら、告げた。

「半太さんが耳にされた、『にたやまを運んでいる』と話していたことですが、にたやまといいますのは、仁田山織ではなくて、仲間内の隠語だったのかもしれませんね。何かの偽物。もしや……高麗人参の偽物とか」

里緒も高麗人参の偽物に気づいていたようだ。里緒は続けた。

「盛田屋の親分さんが、隼人様にお報せになりましたよね。桐生の機織りの人たちは、信州や江戸を行ったり来たりして、下野国にもよく行っていると。高麗人参は会津、松江、下野、信州ぐらいでしか栽培されていなくて、なかなか採れないとも聞きました。下野で作った偽物を、本物として流通させているとも考えられませんか。それに機織り業の人たちが一役買っているのではないでしょうか。桐生織とともに、偽の高麗人参を、あちこちへ運んでいるとか」

里緒の推測を聞きながら、隼人はがんもどきの野菜餡かけを一口食べた。とろみのある餡が絡んだ円やかな味わいは、隼人の勘働きを冴えさせてくれる。

——そうか、下野国では高麗人参の不正に、烏山藩の者が関わっているのだ。それを直訴するために、小野は藩主のもとへと向かい、それを阻むために甚内が刺客となったのだ。そして甚内に殺らせたのは、勘定方の上の者なのか。

隼人はゆっくりと呑み込み、呟いた。

「……また今回も、里緒さんのおかげですべての謎が解けそうだ」

苦笑する隼人に、いつもの元気はない。里緒は再びおずおずと口にした。

「ずっと心に引っかかっていたのですが……。お初さんの押し花で、何の花か分からなかったものを、隼人様が御薬園同心様に訊いてくださったことがありましたよね」

「ウナギツカミをミゾソバと間違えたんだよな。里緒さんが気づいてくれたんだ」

「はい。……でも、よくよく考えてみましたら、その御薬園同心様は本当に間違えたのでしょうか。草花にお詳しい方だったのでしょう。もしや、わざとよく似たほかの草花の名を、隼人様に伝えたのではないかと」

「嘘をついたというのか」

「はい。ウナギツカミと正直に伝えましたら、静観寺に辿り着いてしまいますでしょう。静観寺のことを探られたくなかったのではと、思ったのです」

隼人はがんもどきを食べる手を休め、お茶を啜った。ふと思い出したのだ。

仲谷が去っていった時の、颯爽とした後姿を。

――仲谷殿が着ていた着物。あれは西陣織と思っていたが、桐生織だったのではなかろうか。もしや、養生所と桐生の運び屋たちの仲介をして、養生所に偽の高麗人参を流しているのは。

隼人は喉を鳴らした。

――では、織江を殺めたのは……。

隼人は掠れる声で、里緒に訊ねた。

「仁田山織……桐生織は、西陣織に似ているのか」

「西陣織を意識しているとは思います」

隼人の顔色を窺いながら、里緒も言葉少なになる。隼人は考えを巡らせた。

――桐生の悪党どもは、板橋宿の医者の道庵ともつるんでいるのだ。道庵が治療に使い、鴻巣の夫婦に高値で売りつけた高麗人参も偽物だったに違いねえ。あの夫婦の娘は、偽物の高麗人参を飲まされ続けた挙句、亡くなってしまったんだ。許せねえ。……そして、道庵と関わっていた養生所の者というのも、恐らくは奴なのだ。

隼人は唇を嚙み締めた。里緒は心配そうに、隼人を見つめている。それに気づき、隼人は表情を緩めて、溜息をついた。

「皆、悪巧みの仲間という訳か。高麗人参の不正と、妻を殺めた奴は薄々察しがついたような気がするが、問題はお初や、いなくなった娘たちだ。まさか娘たちも、高麗人参のことを知ってしまって……などということはねえだろうしな」

「……娘さんたちは、尼寺に相談にいっていたのではないでしょうか。私は、やはり静観寺が怪しいと思うのです。娘さんたちはそれぞれ悩みを抱えていて、ご住職の静心尼が娘さんたちを手引きして、悩みを抱えている現状から逃がしてあげるという名目で、どこかへ連れていってしまったのでは。桐生で機織りをさせてあげる、などと偽って。まだ江戸にいるとしたら、静観寺の中なのではないでしょうか」

隼人は里緒を見つめた。

「里緒さんは静観寺に拘るのだな。烏山藩の下屋敷ではなく」

「私、ご住職の静心尼も、桐生辺りのご出身なのではないかと思ったのです」

「それはどうしてだい」

「静観寺へお竹さんと入り込んだ時、お菓子を出されたのです。柿の羊羹だったのですが、今まで口にしたことがないような、とても珍しい食感でした。静心尼は、秘伝と仰って、作り方など教えてくださいませんでしたが。……でも気になって、私、板場に立って色々試してみたのです。あの味、口当たりを再現するために。寒晒粉を使ってみても違って、糯米を混ぜてみても違いました。そして気づいたのです。羊羹に、蒟蒻粉が使われていたということに。蒟蒻をお菓子に使うなんてと驚きつつ、ふと思ったのです。ご住職はきっと、蒟蒻に馴れ親しんでいる方なのでは、と。それゆえ、あのような料理を思いつかれたのではないでしょうか。そして蒟蒻の名産地といえば、上野国です。ご住職もその辺りにいらしたことがあるとなれば、繋がりますよね。機織り業の者たち、板橋宿の医者とも」

「なるほど、蒟蒻か。さすが里緒さん、察しがいいぜ。……そうか、道庵が板橋宿で開いている奉仕宿ってところに手伝いにいっていた女ってのは、もしや静観寺の尼僧たちだったのかもしれねえな。娘たちの勾引かしに一役買って、親たちから引き替えの金までもらっても返さなかったなんて、ふてえ尼だ」

隼人は腕を組み、顔を顰める。胸をむかつかせながら、隼人は推測した。

——親分の報せによると、悪党仲間の道庵と機織り業の者たち、桐生の博徒たちは、下野国の博徒たちともつるんで、深谷の遊女とよく遊んでいるということだった。……ってことは、勾引かした娘たちを、いずれ深谷の遊女屋に売っちまうつもりなのだろうか。死んでしまった娘は、それが嫌で舌を噛み切っちまったのではなかろうか。

隼人はいてても立ってもいられない思いだったが、里緒を動揺させたくなくて、その推測を口にはしなかった。

「だが、あそこの尼が一枚噛んでいるとして、お初はどういう経緯で知り合ったんだろうな」

「お初さんも何か相談にいっていたのではと思ったのですが、お栄さん曰く、お初さんは悩み事など一切なかったようです。それゆえ恐らく、尼寺の近くで花を眺めたり摘んだりしているところを、目をつけられたのではないでしょうか。寺の中にもっと綺麗な花が咲いているから見にこない、などと誘われたのではないかと。お初さんは甘い物も好きだから、美味しいお菓子があるのよ、などとも言われて、うっかりついていってしまったのかもしれません。あの尼寺の尼僧たちは、ご住職をはじめ皆様お優しい雰囲気で、話し方も穏やかなのです。それゆえ、お初さんや娘さんたちは油断し、信じてしまったのではないかと」

「それで閉じ込められてしまったのだろうか。確かに、娘たちを巧みに引っ張り込むには、下屋敷などよりも尼寺のほうが容易かもしれねえな」

「この神無月はどこのお寺でもご法要が盛んですよね。ご法要に参加するために、うちに宿泊なさるお客様も多いですから。……恐らく、うちに泊まられた娘さんたちも、静観寺のご法要に参加するためにいらしていたのではないでしょうか。お倉さんがうちにお泊まりになっていたのは十一日から十四日の間でした。お操さんとお玉さんは十二日から十五日の間でした。十一日から十五日ぐらいの間、静観寺でご法要が行われていたのかもしれません」

「法要に参加した者たちの中から、その三人が目をつけられ、巧いことを言われて、閉じ込められてしまったってのか。亡くなったお常もそうだったのだろうか」

「はい。恐らく……ご法要の時に、ご住職に甘い言葉をかけられたのでしょう。『家に戻る前に、もう一度ご相談にいらっしゃい』などと。優しい笑顔で声をかけられたら、従ってしまうと思うのです」

「あの三人はここに泊まっている間に、法要に行ったが、その時は戻ってきた。そしてここを発ってから、再び尼寺を訪れ、閉じ込められてしまったという訳か」

「そういうことになりますね。操さんが贈り物にするために買ったという蠟燭ですが、考えてみましたら、蠟燭はお寺でもよく使われますよね。蠟燭問屋の丁稚さんによれば、操さんが蠟燭を買ったのはここを出た十四日なのです。きっとお布施(ふせ)のつもりで蠟燭を買い、それを持って尼寺へ向かったのだと思います。そして閉じ込められてしまった。また、お倉さんとお玉さんがお酒を買ったというのは、お神酒(みき)にするためだったのではないかと」

「なるほど、お神酒か。だが、供えるだけではなさそうだな。仏教は不飲酒戒(ふおんじゅかい)とはいうが、あの尼寺の尼僧たちも陰では呑んでいそうだぜ」

「私もそう思います」

二人は苦い笑みを浮かべる。

「舌を嚙んで亡くなられたお常さんのご遺体は、今戸町沿いの隅田川の川べりで見つかったのですよね。尼寺は新鳥越町にありますから、見張りの目を盗んで、山谷堀から流したのではないでしょうか。そうすれば、あの辺りに流れ着くでしょう。きっとお常さんは尼寺に閉じ込められていて、何か無理なことを要求され、それを苦にご自害なさってしまったのではないでしょうか。……お常さんは占い師のところへも行っていたそうですから、案外、妖薫のことをご住職に相談されていたかもしれませんね。『好いた男が占い師で、気を引こうと思ってその占いにお金を費やしているが、振り向いてくれない』などと。それでお常さんは尼僧たちから、早熟ている娘と見做され、そこを突かれて、危ない目に遭わされそうになったのかもしれません」

「それで自害してしまい、尼僧たちが遺体を始末したって訳か。……確かにそうだ。尼寺の傍から遺体を流せば、あの辺りまで流れていくだろう。真の悪の温床は、深川の下屋敷ではなくて、尼寺だったってことか」

隼人は顔を引き締め、顎をさする。里緒は身を乗り出した。

「娘さんたちは、まだ尼寺の中にいるのではないでしょうか。今、桐生の者たちが江戸へ来ているのは、織物や偽の高麗人参の流通だけが目的ではなく……お初さんやほかの娘さんを連れていこうとしているのでは」

話しながら、里緒は青褪める。隼人の顔も強張った。

「調べてみたところ、機織り業の者たちは、桐生織を運ぶ時、大きめの船で利根川や渡良瀬川を渡ることもあるっていうからな。もしや、その船の中に巧く娘たちを隠しちまえば、船手同心たちの目をくらますこともできるかもしれねえ。油断はできねえな」

里緒の躰がふらりと揺れる。隼人は里緒の華奢な肩を支えて、励ました。

「大丈夫だ。尼寺は、亀吉と半太の二人がかりで見張らせている。親分のところの若い衆も、交替で様子を見にきてくれてるぜ。ところで金の要求はまだきてねえんだよな」

「はい。まだございません」

「あのお幾という女は何か知っているんだろうな。やはり悪党どもの仲間なのだろうか。あの女が巧いこと言って、お初やほかの娘たちを尼寺に手引きしたんじゃねえかな。尼寺を眺めていたっていうしな」

「私も初めはお幾さんを疑いました。……でも、この前も申しましたが、お幾さんはそこまで悪い人ではないような気もするのです。半太さんのお話によれば、お幾さんは破落戸風の人を知っていたようですが、振り切って逃げたのでしょう。といいますことは、かつては仲間だったかもしれませんが、今は違うということなのではないかと。お幾さん、ソワソワとして、なにやら訳ありの方のようには見えましたが」

「里緒さんは、お幾も桐生のほうから来たんじゃねえかと言っていたよな」

「はい。私はそう思います」

そんな話をしているところへ、お竹が慌てて部屋に入ってきた。声もかけずに襖をいきなり開けたので、里緒と隼人は驚いた顔でお竹を見る。お竹は大きな声を上げた。

「お幾さんが戻ってきました」

里緒と隼人は顔を見合わせた。里緒は立ち上がり、お竹に告げた。

「早く、こちらへお通しして」

「かしこまりました」

お竹は急いで出ていき、お幾を連れて戻ってきた。

お幾は姿勢を正して座ると、里緒と隼人に向かい、深々と頭を下げた。

「ご迷惑をおかけして、たいへん申し訳ありませんでした」

静寂が漂う。里緒も隼人もお竹も、ただ黙ってお幾を見つめる。お幾はゆっくりと顔を上げると、掠れる声で言った。

「こちらのお初さんは、恐らく静観寺に閉じ込められていると思います。……消えたほかの娘さんたちも」

再び静寂が漂う。隼人は押し殺した声を出した。

「それを知っているってことは、お前さんも、悪党どもの仲間だってことか。仲間割れでもして、話す気になったのか」

隼人は厳しい目でお幾を見据える。お幾は項垂れた。

「信じていただきたいのは……私は今回の勾引かしの件には、関わっていないということです」

「ではどうして、この旅籠を逃げるように出ていったりしたんだ。それにお前さんは一月以上も長逗留していたっていうじゃねえか。不審に思われても仕方があるめえ」

お幾は目を伏せたまま、苦しげな声を出した。

「それには、深い訳がありました。実は……私は、旧悪免除が成り立つのを待つ身なのです。成り立つまであともう少しで、それで厄介なことに巻き込まれたくなくて、逃げてしまったのです」

旧悪免除と聞いて、隼人たちは目を見開いた。

旧悪免除とは、徳川吉宗公が作った『公事方御定書』に明記されている制度である。江戸幕府では、死罪以上の重罪もしくは永尋の場合以外は、その罪を犯した者がほかの犯罪に関わりのない限りにおいて一年が経過していれば、旧悪と称して咎めないようにしていた。つまり軽い罪であれば、それを犯して一年の間ほかの悪さをせずに逃げ切れば、その間に更生したと見做され、罰せられることはないということだ。だが、旧悪免除が成り立つ前に捕まってしまうと、相応の咎めを受けなければならなかった。

隼人は息をついた。

「ってことはお前さん、一年近く前に、何かをやらかしたって訳か」

「はい……お恥ずかしながら。一年近く、お役人の目を盗んであちこち逃げ回っていたのですが、疲れてきてしまって。旧悪免除が成り立つのが、二日後の二十九日ですので、それまでこちらで静かに身を潜めていようと考えたのです。……ところが、あのような騒ぎが起きて、段々と雲行きが怪しくなっていきそうだったので。お役人様まで訪ねていらして、ここにいたら危ないのではないかと思ったのです。巻き込まれて、とばっちりを受けてしまうのではないかと」

隼人にお初のことを訊ねられた時、お幾の態度がおかしかったのは、そのような事情ゆえだった。お幾の立場ならば、役人を警戒して当然だ。

「ふむ。ではお前さんが言っていた、妾奉公をしていて追い出されたってのも嘘か。ひたすら免除の成り立つのを待っていたって訳だな。……で、お前さん、いったい何をしたんだい」

「はい。嘘をついて申し訳ありませんでした。私は桐生から来た者です。あちらの居酒屋で働いていた時に博徒たちと親しくなり、賭場にも遊びにいくようになりました。あいつらは桐生だけでなく、あちこちの宿場町や江戸でも博打をしています。……一年前、江戸に一緒に遊びにいこうと誘われて、あいつらについていきました。そして町家の賭場で遊んでいたところ、町方のお役人に踏み込まれてしまったのです。乱闘となって、私も必死でもがいて、北町奉行所のお役人を突き飛ばしました。すると、そのお役人が頭を柱にぶつけてしまい、流血騒ぎとなったのです。私はとにかく必死で逃げて、追っ手を振り切ることはできました。……でも、そのお役人には顔を覚えられたでしょうから、常にびくびくとしながら、その罪が消えるのを待つことになったのです」

「役人の目をくらますのなら、桐生のほうでおとなしくしていればよかったのではないか。どうして江戸で身を潜めていようと思ったのだ」

お幾は溜息をついた。

「桐生では悪い仲間たちに、私の旧悪免除待ちという弱みに付け込まれたんです。『奉行所に突き出されたくなければ、人攫い（ひとさら）の手伝いをしろ』などと脅かされて嫌気が差してしまいましてね。悪い仲間たちと縁を切りたい思いもあって、桐生を離れたのです。あちらこちら逃げ回っていたのですが、関所を通るのはやはり危険なので、逃げる範囲も限られてしまいます。そのうち疲れてしまって、旧悪免除の成立まであと一月ほどという頃、江戸へ来たのです。江戸のどこかで息を潜めているのが、案外、一番安全だと思いましたので。江戸は、探せば仕事もありますし、旧悪免除が成立したら、すぐに働こうと思っていたのです。博打で荒稼ぎして貯めたお金を切り崩して逃げ回っていたのですが、そろそろ底を突いてきていたので」

　お幾はどうやら、犯した罪と、悪い仲間たちの両方から逃げ切るために、雪月花に潜伏していたようだ。お幾は苦々しげに言った。

「江戸は広いから、桐生の悪い仲間にも簡単には見つからないだろうと思っていましたが、甘かったですね。振り切って逃げましたけれど。……あいつらですよ、きっと。桐生織の着物を運ぶふりをして、勾引かした娘たちをどこかに連れていくつもりなのです。静観寺の住職の静心尼と、桐生の機織り業の者と博徒たちが組んでやったことだと思います」

　どうやら里緒と隼人が察したことで正解だったようだ。

「うむ。あの住職も桐生の出なのか」

「そのようですね。どういう経緯かは知りませんが、機織り業の長戸組の者たちと、前々からの知り合いのようです。莫連女の私が言うのもなんですが、静心尼はとんだ生臭尼ですよ」

お幾の物言いに、里緒たちは思わず苦笑してしまう。お幾は続けた。

「恐らく……板橋や桐生辺りの、身寄りのない呆けた金持ちの年寄りに、お初さんやほかの娘さんたちを孫だと偽って会わせて、孫を装った騙りを働こうとしているのでしょう。その後はどこかに売ってしまうつもりで。お初さんはまだ尼寺の中だと思いますが、早く助け出さないと危険です」

皆の顔が強張る。お幾は、このようなことも証言した。

「機織り業と破落戸たちは、偽物の高麗人参を運ぶこともしているのです。奴らは偽物の高麗人参のことを、仁田山織にかけて、『にたやま』と隠語で呼んでいます」

里緒の推測はまたしても当たったようだ。隼人は身を乗り出した。

「偽物の高麗人参ってのは、どこで作ってるんだ」

「下野国です。あそこの烏山藩では、江戸定府の勘定頭と藩医、そして国元の勘定方の一人が組んで、国元で高麗人参の精巧なまがいものを作らせ、それを本物の高麗人参として流通させて、金儲けをしているのです。その運び屋が、桐生の機織り業の長戸組と博徒たちです。その偽物の高麗人参は、奴らの仲間である板橋宿の道庵という医者を介して、小石川養生所へも出回っていると聞きました」

お幾の口からすべてが明らかになった。

高麗人参を巡る悪巧みは大事のようで、里緒は顔色を変えて胸を押さえる。

隼人はお幾に訊ねた。

「今話したことを、お白洲で証言してもらえるかい」

「はい。構いません」

お幾は頷いた。隼人はお幾を見つめた。

「お前さんの旧悪免除が成り立つのは、二日後だ。それなのにこうして戻ってきて正直に話してくれたってことは、お前さんに良心があるからだ。娘たちを一刻も早く助け出さなければと思ったに違いねえ。恩に着るぜ。お前さんの心、しかと分かったから、決して悪いようにはしねえ。だから、力添えを頼むぜ」

隼人はどうにか、お幾が罰を受けぬよう配慮するつもりだった。

お幾は隼人を真っすぐ見て、再びしっかりと頷いた。

お幾とともに、隼人と里緒は、静観寺へと向かった。冷たい夜風に吹かれながら、里緒の心ノ臓は痛いほどに激しく打つ。

――お初さん、どうか無事でいて。

里緒は雪月花の屋号紋が染め抜かれた半纏を翻し、隼人の後ろから駆けていく。お竹が呼びにいったので、盛田屋の親分と子分たちも一緒だった。月もほとんど見えない夜、皆、息を白く煙らせて町を走り抜ける。

静観寺に着いた時には、半太と亀吉が、桐生の悪党どもと殴り合っていた。十人近くいる悪党どもに、二人で応戦している。半太も亀吉も蹴られ殴られて、血だらけになりながら、悪党たちに果敢に向かっていた。

お初や娘たちは山谷堀から舟に乗せられそうになっていて、必死でもがいている。どうやら尼寺は地下に部屋があり、そこに閉じ込められていたようだ。里緒は悲鳴を上げた。

半太は殴られて顔を腫らしながら、叫んでいた。

「お初ちゃんを返せ！」

提灯で照らし、寅之助がドスの利いた声を響かせた。

「おう、助けにきたぜ」

悪党どもが隼人たちを見据えた。破落戸たちは手に唾を吐きかけ、短刀を構え直す。その親玉のような一人が、同心姿の隼人に向かってきた。

隼人は寅之助から刺股を受け取った。刺股は突棒、袖搦とともに、捕り物の三つ道具と呼ばれる。いずれも七尺（およそ二メートル）以上の長さがあり、どれも相手の躰を突いたり、衣服に絡みつけて捕らえることができた。その三つ道具を、寅之助が運んできたのだ。刺股は先端が二つに分かれていて、そこで相手の首を挟むこともできる。

隼人は刺股を構えると、その先で、突進してきた破落戸の顎を下から勢いよく突き上げた。破落戸は、うっと呻き声を上げて、倒れかかる。その瞬間、隼人は刺股をくるりと回し、もう片方の尖った先で、破落戸の鳩尾を勢いよく突いた。破落戸は地べたへと崩れ落ちる。

すると寅之助も突棒を手に、破落戸を押さえつけた。その隙に、隼人は早縄をかけてしまう。

隼人の勇姿を、里緒は口を押さえ、目を丸くして見ていた。隼人の棒さばきがあまりにも鮮やかだったので、正直驚いたのだ。

——隼人様っていつもはおっとりしていらっしゃるのに。なにやら能楽の舞のような優雅な動きで、あっという間に仕留めてしまわれたわ。……まるで弁慶みたい。

里緒は、小さい頃に好きで繰り返し読んでいた、武蔵坊弁慶を描いた草双紙を思い出した。弁慶の七つ道具にも刺股は数えられ、その長い棒を勇ましく振り回す弁慶に、里緒は憧れたものだった。そして今、隼人が、その弁慶に重なったのだ。

長い刺股を振り回す大柄な隼人を眺めながら、里緒の脳裏に大弁慶草も浮かんだ。大弁慶草は、沢山の小さな花が固まって咲く弁慶草よりも、一段と大きく艶やかで、迫力がある。

里緒は感嘆するものの、悪党どもは親玉が呆気なく捕らえられてしまい、ますます頭に血が上ったようだ。ぞろぞろと、叫び声を上げて向かってくる。

「畜生！」

「やっちまえ！」

寅之助の子分たちも突棒や袖搦を手に、立ち向かう。夜更けの山谷堀に、怒声が響き渡った。

隼人は、里緒とお幾に叫んだ。

「二人は後ろに下がっていろ」

里緒とお幾は頷き、後ずさる。

その時、破落戸の一人が、お幾に襲いかかろうとした。

「この女、喋りやがったな」

短刀の先が腕を掠め、お幾が悲鳴を上げる。隼人はすかさず刺股でその破落戸の喉を突き、ぐらりと揺れたところで、刺股を回転させながら下っ腹を思い切り突いて、呆気なく倒した。

「お幾さん、大丈夫」

里緒は慌てて、蹲ったお幾を介抱する。

「大丈夫です。……ちょっと掠めただけですから」

お幾は歯を食いしばりながらも、笑みを浮かべようとした。お幾が纏った半纏と着物の袖は切り裂かれ、血が滲んでいる。里緒は袂から手ぬぐいを取り出し、お幾の腕を縛って止血した。

「ありがとうございます」

お幾は潤んだ目で、里緒を見つめる。

「これで取り敢えずは大丈夫だと思うわ。後で、お医者様に診ていただきましょう」

「すみません……ご迷惑をおかけしてばかりで」

お幾は消え入りそうな声を出す。里緒は微笑んだ。

「お幾さんのおかげで、間に合ったのですもの。お礼を言わなくてはいけないのは、こちらのほうです」

里緒はお幾の冷たい手に、自分の手を重ねる。お幾は目を伏せ、里緒の肩にもたれた。

そうこうするうちに、吾平とお竹が、奉行所の者たちを連れてきた。役宅まで呼びにいったのだ。

既に隼人たちは悪党どもをほとんど伸してしまっていたが、ほかの同心たちが現れるとやはり心強い。

隼人たちの面持ちが緩んだところで、闇を切り裂くような声が響いた。

娘たちの声だった。残っていた破落戸が、娘たちを乗せた舟を、漕ぎ出そうとしていた。その破落戸は目を微かに血走らせ、お初の背中に短刀を当てている。

「この娘を痛い目に遭わせたくなかったら、おとなしくしやがれ。追ってくるんじゃねえぞ。娘を殺るからな」

お初を盾に取り、破落戸が凄む。お初は顔を引き攣らせ、震え上がっている。

気を失いそうになった里緒を支えながら、隼人が叫び返した。

「そんなことをして何になる。娘たちを人質に取って舟を漕ぎ出しても、途中で捕まるぞ。船手方だって目を光らせているのだ」

「うるせえ。逃げるが勝ち、ってな」

娘たちと破落戸を乗せた舟が、流れ出す。皆が息を呑む中、顔を腫らした半太が、傍に落ちていた袖搦を摑んで、川に向かっていった。

「おい、半太！」

隼人たちが止めるのも聞かず、半太は川にざぶざぶと入っていき、舟に飛び乗った。

「この野郎、お初ちゃんを返せって言ってんだよ！」

半太の血だらけの凄まじい形相に、破落戸も一瞬、怯む。

半太は狂ったように叫ぶと、袖搦を振り回して、お初の黄八丈の袖に絡ませ、ぐっと引き寄せた。

お初は破落戸の手もとを離れ、勢いあまって半太の胸にぶつかる。半太は腫れ上がった顔で、お初に微笑んだ。

「もう大丈夫だぜ」

その隙に、隼人をはじめほかの同心たちも川へ入り舟に乗り込んで、破落戸を捕らえてしまった。

「観念しやがれ！」

隼人の一喝が響き渡る。

こうして桐生の悪党たちは捕縛され、お初と娘たちは無事救い出された。

半太は再び雪月花で寝かされ、手当てをされた。大捕物の後、気が緩んだせいか、その場で目を回して倒れてしまったのだ。その半太を負ぶって雪月花に運んだのは、隼人だった。

――旦那、わっしが担いでいきやすよ。

寅之助がそう申し出るのを、隼人は微笑んで断ったのだ。

――大切な手下の名誉の負傷なのだから、俺が負ぶっていくさ。こいつが無鉄砲に突進してくれたおかげで、お初をはじめ娘たちは無事だったからな。

半太の重みを感じながら、隼人の心は満ち足りていたのだ。

里緒は半太の頭の傷も心配だったので、夜も更けていたが吾平に医者を呼んできてもらった。診てもらったところ異常はないようなので、里緒をはじめ皆安堵したが、医者は怒った。

「いくら若いからといっても、くれぐれも無茶はさせないでください。暫くは養生するように。少なくとも五日の間はこのまま寝ていてください。薬を塗ることも忘れぬように」

厳しく忠告され、里緒たちは項垂れた。

お幾も診てもらったところ、傷は浅くて済んだようだ。お幾は明日、奉行所に赴いて証言しなければならないので、二階の空いている客部屋に布団を敷き、早く寝んでもらうことにした。

里緒はお幾に夜食を用意し、枕元に置いた。

「よろしければお召し上がりくださいね。温まると思いますので」

湯気の立つ、ワタリガニと葱が入った味噌汁だ。味噌汁の匂いは、心を落ち着かせてくれるのだろう。お幾の顔がほころんだ。

「ありがたくいただきます。すみません、色々、本当に」

「ごゆっくりどうぞ」

里緒はお幾に微笑み、下がった。

半太の看病は、今度は里緒ではなく、お初が付きっ切りでしていた。

気を失った半太が目を開けた時、一番初めに見えたのがお初の顔だったので、すっかり安心したのか、寝息を立てて眠り込んでいる。その横で、お初は半太の顔をじっと見つめ、時折、掻巻の上から優しく肩をさすっていた。

その姿を窺いながら、隼人は微笑んだ。

「半太の奴、お初のことが心配で、ここ数日、よく寝てなかったんじゃねえかな」

「ようやく安心して眠れますね。本当によかったわ」

里緒も隼人に笑みを返した。

亀吉も怪我をしていたが、半太ほどではなく、お栄に手当てをされていた。

「いてえっ」

医者が置いていった薬を塗られて、亀吉は身を捩った。

「こんなんで痛いなんて騒がないでください」

お栄に笑われ、亀吉は仏頂面になる。

「もう少し、沁みねえように塗ってほしいぜ。優しく手当てしておくんな、お栄ちゃん」

色男の亀吉は、さりげなくお栄に目配せをする。お栄は「はい」と素直に答えてさっさと手当てを済ませた。

「私、盛田屋の子分さんたちのお手当てもしなくてはなりませんので、これで。静かに休んでいてくださいね。痛むようでしたら、またお声をかけてください」

一礼し、お栄は立ち上がる。お初と同様に純朴で真面目なお栄は、亀吉みたいな色男は苦手なようだ。

亀吉は唇を少し尖らせ、お栄の肉付きのよい大きなお尻を眺めた。

二

桐生の悪党どもが捕縛され、お幾が白洲で証言したことで、次のようなことが明らかになった。

烏山藩の江戸定府（じょうふ）の勘定頭と藩医が国元の勘定方の一人と手を組み、高麗人参の偽物を作って流通させている。それに板橋宿の道庵や小石川養生所の役人も関わっており、娘たちの勾引かしには静観寺が関わっていたのだった。

隼人は寺社奉行に了解を得て、鳴海や亀吉とともに静観寺に乗り込み、尼僧たちを捕らえた。大捕物の後、同心たちが交替で尼寺を囲んでいたので、尼僧たちは逃げることができなかったのだ。娘たちはやはり静観寺の地下の部屋に閉じ込められていたようだ。隼人が驚いたのは、その地下部屋を確認したところ、豪華な雛人形が飾ってあったことだ。静心尼たちは「綺麗な雛人形が飾ってあるの。見てみない？」と言って、娘たちを地下に誘い込んでいたのだろう。

――あの妖薫って占い師には、本当に視えていたんだな。

隼人は息を吞んだものだ。

静心尼は白状した。里緒が察したように桐生の生まれで、機織り業の娘だったという。

実家は裕福だったそうだが、悪党に家を乗っ取られて没落してしまった。そこからは辛酸(しんさん)を舐め、やがて仏門に入った。だが昔の仲間と縁が切れておらず、寺を隠れ蓑(みの)にしながら悪事を働いていたようだ。地下の部屋に飾ってあった雛人形も、桐生の悪党どもの伝手で、鴻巣から取り寄せたものだったという。

隼人が察したように、板橋宿の道庵の奉仕宿にたまに手伝いにいっていたのは、静心尼をはじめ静観寺の尼僧たちだった。静心尼は手伝うふりをして、騙りを働けそうな呆けた老人を物色していたという。お幾が言っていたように、孫を装った騙りを働いた後は、娘たちを深谷に遊女として売ってしまおうと企んでいたとのことだ。

娘たちの一人が舌を嚙み切ったのは、このような訳だった。烏山藩の勘定頭がどうしても娘の誰かを味見させろというので、お常をあてがおうとしたところ、絶望して自害してしまったのだ。半太が目撃した、尼寺に駕籠で出入りしたのは、実はその勘定頭だった。その時に娘の自害騒ぎが起こり、勘定頭がそそくさと帰った後で、娘の死体を運び出したとのことだった。半太が駕籠を尾けていった隙に、速やかに遺棄したという。半太はまかれてしまったが、駕籠は三味線堀近くにある烏山藩の上屋敷へ戻ろうとしていたのだ。

静心尼たちは、尼寺が見張られていることに、気づいていたようだ。

そして悪党たちの口から、偽物の高麗人参を養生所に流して不正を働いていた役人の名も、明らかになった。

隼人は小石川御薬園近くの新福寺の本堂裏で、待っていた。鐘が先ほど、七つを告げた。もう夕焼けが広がり始めている。

薄紅色の山茶花(さざんか)を眺めながら、隼人は織江を思い出していた。織江と付き合っていた頃、よくこの寺で待ち合わせをしたのだ。暖かい季節には山茶花の青々とした葉を、寒い季節には色づく花を眺めながら、隼人は織江を待っていた。

おとなしかった妻の、ひたむきな面影が蘇る。

足音がして、隼人は山茶花から目を動かした。御薬園同心の仲谷の姿が、そこにあった。

隼人は仲谷に一礼した。

「お忙しいところお呼び立てして、かたじけない」

「いえ。忙しいのはお互い様です。……で、本日はどのようなご用件でしょう」

隼人は仲谷を真っすぐに見つめ、言葉をぶつけた。

「織江を殺めたのは貴殿ですな」

仲谷は何も答えない。隼人は押し殺した声で続けた。

「織江が養生所へ手伝いにいった時、見られでもしたのですか。偽の高麗人参を受け取っているところを。それとも、偽の高麗人参に纏(まつ)わる話をしているところを、織江に聞かれでもしましたか」

仲谷はただ、薄らとした笑みを浮かべるだけだ。そして脇差(わきざし)を抜き、隼人に向けた。

隼人も刀を抜いた。隼人はなるべく刀を使いたくないが、仕方がない。もちろん刃引きした刀なので人を斬ることはできないが。

仲谷は脇差を構えて隼人に向かってきた。隼人はすっとかわし、大きな躰に漲る力を籠めて、仲谷の手首を打ち、脇差を落とした。

「ううっ」

呻き声を上げ、仲谷が蹲る。手首が折れたかもしれなかった。

燃えるような色に染まった空に、薄墨の如き闇が混ざり始めている。

鳴海とほかの南町奉行所同心たちが現れ、仲谷を取り押さえた。連れていかれる仲谷を、隼人は睨めるように見やる。隼人の目には、涙が薄らと滲んでいた。

鳴海は隼人の肩をそっと叩いた。

烏山藩の者たちは、目付が藩主に通達し、内々に処罰された。大名の監督は大目付の役割といっても、近頃は名ばかりの役職で、実際に働いているのは目付のほうだった。

勘定頭以下首謀者たちは、切腹となった。

板橋宿の医者の道庵、静観寺の尼僧たちも処罰され死罪となった。

烏山藩の藩士であった小野を斬ったのは、やはり甚内だったということも明らかになった。

隼人は亀吉を連れて、千住宿近くの甚内の住処を訪ねたが、まだ帰ってきていなかった。旅籠を隈なくあたってみても、どこにもいない。隼人は康平には見張りを切り上げさせていたので、亀吉とともに三日三晩、甚内の住処を見張り続けた。

——烏山藩の悪党どもが捕まったということをどこかで耳にして、逃げちまったかもしれねえな。

甚内はなかなか戻ってこず、隼人に苦々しい思いが込み上げる。

見張り続けて四日目の午近く、隼人のお腹が大きく鳴った。

「旦那、笑わせねえでくださいよ。腹が空いてるんですかい。そういや昼餉刻ですが」

亀吉が呆れたように言うと、隼人は照れ臭そうに眉を掻いた。

「うむ。腹が減るのは自然のことなので、許してほしい。お前、見張っててくれ。

何か買ってくる」

「合点承知」

隼人は賑わっている宿場のほうへ向かいながら、先日食べた鮒の雀焼きを思い出していた。

――あれは絶品だったなあ。醤油のたれが絡まって、それがまた旨えんだ。よし、あれにしよう。一度食ったら、忘れられん味だ。絶対にまた食いたくなる。

唇を舐めながら、隼人はふと立ち止まった。

――そうか。あの味が好きならば、必ずまた味わいたくなる。人は好物を味わうことを、なかなかやめられねえもんだ。甚内もあの雀焼きが好物で、よく買いに訪れていたんだ。ということは……。

なにやら胸騒ぎがして、隼人は急いだ。件の鮒屋へ赴くと、隼人はお腹が空いていることも忘れて、近くの木陰に隠れて、ひたすら待った。

すると……半刻ほど経って、甚内が現れた。いい仲の女の家にでも身を寄せて、巧く隠れていたようだ。隼人は近づいていった。

同心姿の隼人を見て、甚内はぎょっとしたように身構えた。隼人は低い声を響かせた。

「話を聞かせてもらおうか」

甚内は隼人を振り切り、俊足で逃げた。隼人は大柄な躰を揺さぶって追いかける。刀を抜き、後ろから甚内の右肩を思い切り打った。

「うわあっ」

甚内は崩れ落ちた。左手で右肩を押さえ、痛いと叫びながら地べたを転げ回る。隼人のいざという時の力は、凄まじいものなのだ。

何事かと集まってきた人だかりの中、隼人は甚内に縄をかけた。

仲谷もすべて白状した。里緒が察したように、静観寺のことを気づかれたくなくて、ウナギツカミをわざとミゾソバだと伝えたとのことだった。

また、お幾を尾けようとした半太を後ろから殴ったのも、仲谷だった。

仲谷は道庵が養生所に手伝いにきていた頃に、親しくなったという。今から五年ほど前だ。そして道庵にそそのかされて仲間に引きずり込まれ、金子ほしさに悪事に手を染めるようになっていったとのことだった。

仲谷は切腹となった。

悪者たちを無事に捕らえることができたものの、隼人は沈んでいた。

役宅に帰ってきた隼人の顔色を窺いながら、杉造とお熊は心配を募らせる。

「旦那様、やはりご新造様を殺めた下手人のことが憎かったんだろうねえ」

「ご新造様の、幼少の頃からのお知り合いだったたっていうのは……確かにな。今は、そっとしておいてあげるしかなさそうだ」

「んだな。旦那様もいい大人だ。傷は自分で癒せるだろうよ」

お熊の言葉に、杉造は頷いた。

隼人は部屋で、ぼんやりと炬燵にあたっていた。織江のことも確かにあるが、隼人にとって、いたたまれぬことが起きたのだ。

隼人による上役への必死の働きかけも虚しく、せっかく証言したというのに、お幾は旧悪免除が成り立つ寸前で捕らえられ、罰を受けることになってしまった。

お幾は重敲（じゅうたたき）のうえに入墨（いれずみ）をされて、江戸十里四方追放となった。

——俺の力が及ばなかった。

そう思い、隼人は落ち込んでいた。お熊が、部屋に蜜柑を用意してくれていたが、それを手にする気にもならない。

奉行所の中には、味方をしてくれる者もいれば、足を引っ張る者もいる。それは隼人だって分かってはいるが、今回はそれを思い知らされた。

お幾の処罰が決まって気落ちしてしまった隼人に、年番方（ねんばんかた）与力の北詰修理（きたづめしゅり）が声をかけてくれた。

——気にするな。お幾に怪我をさせられた北町の同心が根に持っていて、どうしても許せずに騒いだようだ。お前の力が足りなかった訳ではない。

北詰は威厳に満ちており寡黙（かもく）だが、心根はとても温かだと、ある事件をきっかけに隼人は知っていた。

——北詰様はあのように仰ってくださったが、重敲を受けるお幾の姿は、とても見ていられなかった。……もう少し、どうにかできなかったものか。

隼人は北詰の言葉に感謝しながらも、お幾に約束したのに力になれなかった己を責めてしまうのだった。

その頃、里緒は鴻巣の夫婦へ手紙を書いていた。

《お初さんは傷一つなく無事に戻って参りました。ご心配をおかけして、まことに申し訳ございませんでした》

夫婦が再び雪月花を訪れてくれることを祈りながら、里緒は筆を走らせる。

里緒は、お初さんからですと書き添え、色とりどりの紅葉の押し葉も一緒に包んだ。お初が拾い集めて作ったものだ。お初が里緒に頼んだのだ。

――お手紙とともに、あのご夫婦に送っていただけますか。ご夫婦、この旅籠から見える紅葉の眺めを、とても喜んでいらしたので。

里緒は封をして、穏やかな笑みを浮かべた。

お初に聞いたところによると、あの日、雛あられ用の角餅を買いにいき、尼寺の近くでつい道草をしてしまったそうだ。お初は里緒たちに正直に話し、深く謝った。

――あの辺りに咲いているお花が可愛くて、その時も見惚(みと)れていたんです。ずっと、なんていう名前のお花なんだろうと思っていました。すると、あの尼寺のご住職が声をかけてきて、ウナギツカミと教えてくれたんです。ご住職はとても優しげで、私、すっかり信じてしまって……。尼寺にも綺麗な花が咲いているから見にきませんかと誘われて、ついていってしまいました。尼寺のひっそりした佇まいと、お庭のお花に暫く見惚れていましたが、お使いの途中だと思い出し、もう帰らなくてはと言いました。するとご住職はまた誘ってきたのです。中に豪華な雛人形が飾ってあるので一目見ていきませんか、と。今の時季に雛人形が飾ってあるのは不思議に思いましたが……どうしても見たくなってしまって。つい、ふらふらと、ご住職と一緒に地下に続く階段を下りてしまったのです。

寒く薄暗い部屋で雛人形と対面できたものの、閉じ込められてしまったという訳だった。お初は涙をこぼして謝った。

――本当に申し訳ありませんでした。すべては、お仕事の途中で道草をして怠けていた私の責任です。女将さんをはじめ皆様に、たいへんなご迷惑をおかけしてしまいました。もう、ここに置いていただくことはできません。どうぞ暇をお申し付けください。

畳に頭を擦りつけるお初に、里緒は答えた。

――お初さんが自分を責めてしまう気持ちも分かりますが、深く反省してくれたのならば、今回はそれでもういいです。たまの道草は悪いことではないと思います、他人様に迷惑をかけない限りは。でも世間には悪い人もいるので、これからはくれぐれも気をつけてくださいね。山川様はお初さんに感謝していらっしゃいました。お初さんが押し花を作っていなければ、あの尼寺を怪しむことはなかったかもしれないと。一連の事件の解決の糸口となったのは、押し花だったと。……ねえ、お初さん。それほどお花が好きならば、お竹さんとお栄さんも一緒に皆で、裏庭で色々育てましょうよ。楽しいわ、きっと。

お初は涙で濡れた顔を上げ、里緒を見た。里緒は優しい笑みを浮かべている。お初は里緒に何度も礼を言いながら、声を上げて泣いたのだった。

お初が無事に戻ってきたので、近所の皆も喜び、お赤飯まで届けてくれた。心配をかけてしまったが、せせらぎ通りの人々との絆も一段と強まったようで、里緒はありがたく思っていた。

半太は医者の言いつけどおり、五日の間、雪月花で休養を取った。お初の甲斐甲斐しい世話のおかげで、半太は顔に青痣(あおあざ)を残しながらも、みるみる元気になった。

六日目の朝、雪月花を出ていく半太を、皆で見送った。お初は半太に、包みを渡した。

「女将さんと一緒に作ったんです。まだちょっと早いけれど……雛あられ」

「お初さんは雛あられが好きなのよね。もちろん私も好きだけれど」

里緒がお初に微笑みかけると、お栄が口を挟んだ。

「女子（おなご）だったら皆、好きですよね。色とりどりで、見た目も可愛くて、美味しいもの」

「あら、私も好物ですよ」

お竹がおどけると、笑いが起きた。半太は包みを抱き締める。

「ありがたくいただきます。なんだか感激だな」

礼を述べながら、半太は早速包みを開く。白色、薄桃色、若草色の雛あられが詰まっていた。作り立てのそれは温かく、芳ばしい匂いを放っている。半太は若草色のそれを指で摘まんで、口に含んだ。さくさくと嚙み締め、目を細める。

「美味しいです、とっても。……よかった、本当に。お初ちゃんが戻ってきてくれて」

お初は頷き、照れ臭そうに俯く。里緒は半太に微笑んだ。

「半太さん、いつでも遊びにいらしてね。お初さんも喜ぶわ」

里緒の隣でお初は頰を真っ赤に染める。半太も火照（ほて）ったような顔になった。

「あ、えっと、その……はい」

しどろもどろになりながらも、半太は嬉しそうだ。

「いいねえ、若いってことは」

「二人とも白くなったり赤くなったり、青痣作ったり、ころころ顔色が変わって、雛あられみたいだな」

「つまり二人とも、雛あられみたいに可愛いってことね」

吾平と幸作のからかうような口ぶりに、お竹が合いの手を入れる。

「参ったなあ、もう」

半太は頰をさらに紅潮させて、頭を搔いた。

寅之助に付き添われ、半太は雪月花を後にした。

里緒とお初は外に出て見送った。半太は何度も振り返り、笑顔で手を振っていた。

霜月になり、寒さが一段と増す中、雪月花では皆忙しなく働いていた。お初やほかの娘たちが助け出され、瓦版が真相を綴ったことで誤解が解け、足が遠のいていたお客たちもまた戻ってきてくれるようになったのだ。

霜月は、江戸三座の中村座・市村座・森田座で顔見世興行が始まるため、それを観に江戸を訪れる人々が雪月花を宿にすることも多い。それらのお客から、芝居見物の話を聞くことも、里緒たちはまた楽しいのだ。

八つ（午後二時）を過ぎ、広間でようやく一息つく。お栄が浅草寺前で買ってきた雷おこしを摘まみながら、里緒とお竹はお茶を啜った。

「山川の旦那、このところお見えになりませんねえ。もう霜月も十日を過ぎましたのに」

囲炉裏で爆ぜる火を眺めつつ、お竹が口にする。里緒は衿元を直しながら答えた。

「山川様、忙しくていらっしゃるのよ。……それに、色々おありになったから」

「傷ついてしまったんでしょうね。あの旦那、ああ見えて繊細そうですものね、結構」

「お竹さん、ああ見えて、というのはよけいよ」

「あら、つい、うっかり。……すみませんでした」

里緒に軽く睨まれ、お竹は頭を下げた。

それから少し経って、隼人が雪月花を訪れた。満月の夜だが、生憎雲がかかって月明かりはない。お初が消えて騒ぎとなった日から、ちょうど一月が経っていた。

「いらっしゃいませ。お久しぶりです、隼人様。お待ちしておりました」

里緒は姿勢を正し、三つ指をついて、隼人を迎える。臙脂色の着物を纏った里緒を、隼人は目を細めて眺めた。

「この色……少し派手でしょうか」

首を竦める里緒に、隼人は微笑んだ。

「いや、似合っておる。温かみがあって、よい色だ」

そして隼人は背筋を伸ばした。

「本日は、改めて礼を言いに参ったのだ。里緒さんたちの力添えで、大きな事件を解決することができた。本当にありがとう」

隼人に深々と頭を下げられ、里緒は慌てた。

「そんな……。隼人様たちのおかげで、お初さんが無事戻って参りました。こちらこそ、心よりお礼を申し上げます」

里緒も深々と礼を返す。

そのような遣り取りをしていると、お竹が帳場から現れた。

「そんな、玄関先で話したりしていないで、中でどうぞ。旦那、お上がりくださいまし」

吾平も顔を出し、促した。

「ようやくお越しくださって嬉しいですよ。旦那の福々しい顔を見られないと、なにやら寂しくてね。さあさあ、中へどうぞ」

「いや、そんな。いつもお邪魔しては悪いじゃねえか。今日は礼を述べにきたまでだ」

「まあ、そう言わず」

躊躇(ためら)っている隼人の背を吾平が押し、お竹に引っ張られ、隼人は里緒の部屋に連れていかれた。

隼人は炬燵にあたり、里緒が淹れてくれたお茶を啜って息をついた。

「またもこんな刻に、厚かましくもあがらせてもらった。申し訳ねえ」

「なにをご遠慮なさっているのですか。隼人様にお越しいただいて、私たち皆、嬉しいのですよ」

「うむ。そう言ってくれると、ありがてえけどな」

隼人はゆっくりとお茶を味わい、ぽつりと口にした。

「今日、織江の墓参りに行ってきたんだ」

とも報せた」

「そうだったのですか」

里緒は隼人を見つめる。

「うむ。花を供えて、線香をあげて、手を合わせてきた。仇を討ったということも報せた」

「ご新造様、ご安心なさったでしょうね」

隼人は里緒を見つめ返した。

「織江の穏やかな顔が見えた。ようやくな」

里緒は黙って、小さく頷く。隼人はまたお茶を一口飲んだ。

霜月の夜、二人は静かに語り合う。隼人はお幾のことも、まだ心残りのようだった。

「隼人様、少しお待ちくださいね」

里緒は部屋を出て、板場に向かった。襷がけをし、隼人のために、里緒は真心を籠めて料理を作る。

――隼人様に、少しでも元気になっていただきたい。

そう願いながら、鍋を火にかけ、京菜を洗って切っていった。

部屋で待つ隼人に、里緒が料理を運んできた。大きな碗によそわれた、ほかほかの牡蠣ご飯だ。たっぷり牡蠣が混ざったご飯はほんのり色づき、添えられた京菜が彩りを爽やかにしている。湯気とともに、磯の香りが仄かに漂っていた。京菜と豆腐の吸い物もついている。

「これは……」

碗を眺めて隼人は笑みを浮かべる。

里緒は隼人の前に盃を置いた。酒も一緒に持ってきたのだ。

「まったくお呑みになれない訳ではないのですから、少し如何ですか」

「そうだな。少しいただくか。目を回さん程度にな」

二人は微笑み合う。里緒に注がれた酒を一口啜り、隼人は息をつく。そして、牡蠣ご飯を頬張った。弾力のある牡蠣を嚙み締めると、とろりと蕩けて、磯の香りと味わいが口一杯に広がる。牡蠣の旨みが滲んだ、芳ばしいご飯が、また堪らない。隼人は目を細めた。

照れてしまうので言葉には出せないが、隼人は心の中で、里緒への感謝の思いを嚙み締める。隼人は吸い物を啜って、また牡蠣ご飯を口に運んだ。そのふくよかな味わいは、隼人の胸に沁み渡った。

隼人は里緒の手料理を堪能しつつ、さりげなく仏壇に目をやる。雛あられが供えられていることに、気づいていた。

「あれ以来、女の皆で一緒に作っては、供えているのです。お初さんを無事に戻してくれたことへの感謝の意を籠めて。この時季に雛あられと申しますのも、些か妙かもしれませんが」

「いや、そんなことはねえよ。旨いものはいつ食べたって旨いからな。ご先祖様も嬉しく思っているぜ」

「それならばよいのですが」

二人は笑みを交わした。

「里緒さんも、ご両親の法要はもう済ませたんだよな」

「はい、先月の初めに。それとは別に今月の終わりに、ここで偲ぶ会を開こうと思っているのです」

「ほう、偲ぶ会か」

「はい。親戚だけでなく、せせらぎ通りの皆様にもお集まりいただいて、両親の好物だったものなどを振る舞わせていただきたく思っております。両親も生前、皆様にお世話になりましたので」

「それはよいな。ご両親も喜ぶだろう」

里緒は隼人を見つめた。

「もしご都合がつきましたら、隼人様もお顔をお見せになってくださいましたら、嬉しいです。少しの間だけでも。考えておいていただけますか」

「うむ。……もちろん考えておこう」

隼人は里緒に注がれた酒に、口をつけた。

微かな音が聞こえてきて、二人は顔を見合わせた。

里緒はしなやかに立ち上がり、障子窓をそっと開ける。外には、粉雪が舞っていた。

里緒は振り向き、隼人に微笑んだ。

艶やかに花を咲かせた紅色の寒椿に、粉雪が降りかかる。

霜月の夜は、静かに更けていった。

解説

菊池仁（文芸評論家）

本書は、「はたご雪月花」シリーズの第二弾である。第一弾『旅立ちの虹』を読了した時、真っ先に思い浮かんだのは、「このシリーズはいける」という事であった。作者がシリーズものを面白くするコツをしっかり押さえていることが、全編を通して感じられたからだ。

ちょうどその時期（二〇二一年五月）は、日本歴史時代作家協会賞の選考を進めていた関係もあって、文庫書き下ろしシリーズ賞の候補作に本書を推薦する決め手となった。シリーズ賞は、シリーズものの振興を目的に設けた業界唯一の賞である。ベテランと共に今後、活躍が期待される有力な書き手を対象としている。篠綾子も中島久枝も受賞を契機に素晴らしい活躍を見せている。

デビュー作『縄のれん福寿　細腕お園美味草紙』を読了した時に、シリーズものに有力な新人が登場したと思った。作品を貫いている、書きたいという熱い思いがストレートに伝わってきたからだ。満を持しての発表であったのだろう。文章の鍛錬に精進を重ねてきたことを窺わせる達者さもあった。文才を感じた。勿論それだけではない。シリーズものの第一弾は、出だしで読者を惹きつけ、飽きさせない展開が最重要課題となる。作者はそれをよく研究していて随所にそのための工夫や仕掛けが施されている。物語を面白くするための技法に長(た)けている。それは天性の才能と努力の結晶が生み出したものと言える。

もう少し具体的に述べよう。舞台となる福寿は、二十七歳になるお園が女手一つで切り盛りしている料理店。そのお園には辛(つら)い過去がある。腕のいい料理人であった夫の清次が失踪してしまったのである。事故か事件か不明で、この謎が物語を引っ張っていく動線として設定されている。ミステリー色を打ち出したところがいい。

また、構成が巧い。献立表に見立てて冒頭を〈お通し〉の章とし、主要人物の紹介と全編を覆う謎の提起を行っている。但し独自性がない限り続かないのは目に見えている。そこで作者は、お園の出す料理に、注文した相手の心情に語り掛けるメッセージを込めたのである。お園の情が伝わってくる名場面である。実に巧みな仕掛けで、市井(しせい)人情ものの核心を突いた飛びっきりのアイデアとなっている。

「縄のれん福寿」は全五巻で完結、注目はシリーズものの二作目「はないちもんめ」の出来に集まる。作者はこの難関を見事にクリアした。

その要因を分析すると、第一は、女三代が営む居酒屋に舞台を設定したことである。メンバーを見ると、口やかましいが食材選びの目利きの大女将・お紋、美貌で姉御肌、その上人当たりの柔らかな女将・お市、女だてらに啖呵を切る見習い娘・お花の女所帯に、通いの板前の目九蔵といった構成である。それぞれ個性も強く、遠慮のない会話で場を賑わせている。「縄のれん福寿」を〈静〉とすれば、「はないちもんめ」は〈動〉で物語が動いていく。

第二は、「はないちもんめ」を八丁堀の同心たちの役宅近くに設定したことである。与力や同心たちの溜まり場となっている。いやでも事件が舞い込んでくる。ミステリー色を物語に付加し、展開に面白さを打ち出すための布石である。非凡な着想が光るシリーズの誕生である。ただ一点、留意しなければならないのは、面白さを強く意識するあまり、ネタを盛り込みすぎるきらいがあることだ。

作者は、この二つのシリーズで将来有望な書き手になる可能性を示した。では次に、それを決定づけた「はたご雪月花」の特筆すべき点、要するに新しい魅力を述べる。

第一点は、舞台を居酒屋から旅籠に移したことである。時代小説の基本を敢えて述べると、「歴史の場を借りて、人々の生きる姿勢を描いたもの」となる。つまり、歴史の場を借りることにより、登場人物が自由な舞台を与えられ、ダイナミックな生き方が可能になる。作家側から見れば、制約に縛られない自由な発想と展開が可能になるわけだ。もう少し具体的に述べよう。例えば、宇江佐真理が次のような文章を書いている。

「江戸時代から我々が学ばなければならないことは何だろうか。それは取りも直さず、人間の生き方に他ならない。私たちを含める多くの時代小説家たちは、それを際立たせるために、現代生活に組み入れられるようになった数々の便利と、海外の情報、新しい道徳観念を敢えて排除した物語を世に問うているのだと思う」（『ウエザ・リポート　見上げた空の色』）

さすが絶大な人気を誇った市井人情ものの名手の言葉である。当を得ている。市井人情ものでは、住んでいる土地と共に重要なのは〈暮らしぶり〉である。

要するに職業である。江戸時代には、珍しい職業や商売、現代まで連綿と続く職人の技術が存在した。当然、居酒屋にしても旅籠にしても、現代とは違う独特のものがあったはずである。作者は、〈場〉、つまり舞台を移すことで、物語に新局面を求めたのである。宿屋としての旅籠は、近世初頭に成立し、従来の木賃宿を次第に凌駕(りょうが)していった。特色は宿屋自体が食材を調理して旅客に提供する点にある。雪月花は女将・里緒のもてなしと料理の美味さで多くの客が訪れる。意外性に満ちた暮らしぶりと密度の濃い人生ドラマが顔を覗かせる〈人情交差点〉なのである。豊かな物語が期待できる。

　第二点は、里緒ともう一人の主人公となる南町奉行所定町廻り同心・山川隼人の人物造形の巧みさである。里緒は突然、両親が旅先で不審な死を遂げてしまい、悲しみを抱えながらも従業員のために健気(けなげ)に家業に励んでいる。一方の隼人は、家に帰ると別の貌(かお)を見せる。一年半前に妻が何者かに殺害されたのだ。何としても犯人を突き止めたいと思っている。

　この二人の抱える喪失感が磁石の役割を果たす。更にシリーズを牽引していく動線となっている。

　第三点は、隼人の起用によりミステリー色が強く打ち出されたことである。この設定がスリルとサスペンスに富んだ展開を呼び込み、料理の場面と絶妙なハーモニーを奏でることに繋がっている。

第四点は、雪月花を浅草山之宿町という観光地の旅籠に設定することで、関八州(かんはっしゅう)や甲州(こうしゅう)といったシリーズものでは馴染みの薄い地域の風物詩や料理を登場させることが可能になっていることだ。旅情サスペンスを持ち込んだところも読みどころの一つである。

本書の話に移ろう。間違いなく『旅立ちの虹』を凌(しの)ぐ面白さを満喫できる。恐らく反省点もあったのであろう。それを発条(ばね)として、前作の魅力は温存しつつ、新たな魅力付けに力を注いだことが分かる出来上がりとなっている。特に目立っているのが、展開にスピード感が出て読み進めやすくなったことである。その要因はプロットの組み立てにある。

冒頭に注目して欲しい。女将の里緒が、買物に出たきり戻ってこない仲居のお初の消息を心配している場面で幕を開ける。前作と違い冒頭から物語が大きく動き出す。自身の両親が不審死を遂げたという喪失感を抱えている里緒の不安が、雪月花を覆っている。張り詰めたような緊張感が、物語を引っ張っていく。作者はこの冒頭の場面でもうひと工夫を加えている。もう一人の主人公・山川隼人は妻・織江を一年半前に何者かに殺められたという暗い影を背負っている。その妻の三回忌の法要を行っている隼人を登場させていることである。これは物語の展開に二元化の手法を採ったことを示している。加えて二人の間柄の進展具合がシリーズのもう一つの核であることを示している。留意しておきたいのは織江が、御薬園同心を務めていた宮内重織の娘であったことだ。これが後の捜索に重要な役割を果たす。

隼人に新たな情報が飛び込んでくる。娘が攫われて身代金を要求される事件が二件ほど続いたというものである。お初は金目的の勾引にあったのではないか、という線が浮かび上がってくる。怪しい人物として、役者上がりで、陰間だったという占い師・青江妖薫も登場する。以降、次から次へ新たな謎と怪しげな人物が現れる。増幅する緊張感と、スピーディーな展開を楽しめる仕組みとなっている。

あらすじの紹介はここまでにして、本書の新たな魅力を述べることにする。作者は、読者の目を釘付けにするために様々な工夫を凝らした趣向を施し、それを各章に配置するという用意周到な手法を用いている。

第一章では、お初の好きだった押し花が登場する。何でもない叙述に見えた押し花が事件解決の糸口となっていく。植物生態に関する作者の豊かな知識に圧倒される。

第二章では、宿泊客であるお幾の部屋から懐紙に書かれた物騒な文章が見つかる。方言だと分かるのだが、地方客も泊まる旅籠ならではの舞台特性を引き出した描き方になっている。

第三章は、雛人形、雛あられ、蠟燭、油のようなお酒等の話題が飛び出し、賑やかな場面となる。里緒を中心とした雪月花のチームワークが、お初の事件により、更に強いものになりつつあることが分かる仕組みとなっている。

第四章では、織江の死の謎に結びついていく仁田山織と食材が書かれた織江のメッセージが披瀝される。本格的な謎解きを楽しめる。

第五章は、「里緒のひらめき」という題名が示す通りである。作者の鮮やかな筆さばきが、読みどころである。

以上、趣向を凝らした場面をピックアップしてきたが、濃縮された人生ドラマと共に、本格ミステリーとしての面白さも飛躍的にアップしている。料理小説で鍛えてきた料理の場面も、視覚と味覚を心地良く刺激する。特に、隼人の喰いっぷりの良さがいい。ラストの場面は、映像詩を見ているような見事なものとなっている。第三弾が待ち遠しい。

光文社文庫

文庫書下ろし／長編時代小説

消えた雛あられ　はたご雪月花㈡

著者　有馬美季子

2021年11月20日　初版1刷発行

発行者　鈴木広和
印刷　新藤慶昌堂
製本　フォーネット社

発行所　株式会社　光文社
〒112-8011　東京都文京区音羽1-16-6
電話（03）5395-8149　編集部
8116　書籍販売部
8125　業務部

ISBN978-4-334-79273-2　Printed in Japan

組版　萩原印刷

藤原緋沙子

代表作「隅田川御用帳」シリーズ

江戸深川の縁切り寺を哀しき女たちが訪れる――。

第一巻 雁の宿
第二巻 花の闇
第三巻 螢籠
第四巻 宵しぐれ
第五巻 おぼろ舟
第六巻 冬桜
第七巻 春雷
第八巻 夏の霧
第九巻 紅椿
第十巻 風蘭

第十一巻 雪見船
第十二巻 鹿鳴(はぎ)の声
第十三巻 さくら道
第十四巻 日の名残り
第十五巻 鳴き砂
第十六巻 花野
第十七巻 寒梅〈書下ろし〉
第十八巻 秋の蟬〈書下ろし〉

光文社文庫